長男は悪役で次男はヒーローで、私はへっぽこ姫だけど死亡フラグは折って頑張ります！

くま

Kuma

Regina

JN138614

主な登場人物
ハウライト
スターダイオプサイトの第二王子。
小説の男主人公で、
将来兄を殺す運命にあるらしい。
ガーネット
スターダイオプサイトの第一王子。
小説では、ハウライトに
殺される悪役。
エメラルド
スターダイオプサイトの末姫。
前世の記憶が蘇ったことで
自分の兄達が殺し合う未来を知る。
ほとんど魔力がない、へっぽこだが
家族仲を改善すべく奮闘中。

ピーター
スターダイオプサイトの王でエメラルド達の父。
レピドライト
スターダイオプサイトの宰相。ピーターとは友人同士でもある。
プリムラ
スターダイオプサイトの隣国オドントクロッサムの王子。エメラルド同様、魔力がほとんどない。
ブラッド
貴族の養子。どうやら、虐待されているようで……!?
ユーディアライト
レピドライトの息子。本人は否定しているが父親にそっくり。

目次

長男は悪役で次男はヒーローで、
私はへっぽこ姫だけど
死亡フラグは折って頑張ります！

第一章　へっぽこ姫の仲良し作戦　へっぽこ編

✿へっぽこ姫に転生しちゃった！

「危ない！　エメラルド姫様‼」

その日、庭で遊んでいて足を挫《くじ》いた私は、そのまま池に落ちて溺《おぼ》れた。……そして気づいてしまう！　ここは前世で読んでいた小説の世界ではないか、と。

え？　嘘《うそ》？　あの大好きな小説の物語の中⁉　ラッキー‼

小説の題名は確か……

『素敵な少女と素敵な王子様の恋物語』だわ。

――ある日。少女は、とある国の王子様と出会いました。そして、十三歳になった年に行われるデビュタントの日に再会し、惹《ひ》かれ合う二人。

しかし王子様には腹違いの兄王子がいました。

第二王子の母親は庶民で、それが第一王子には面白くない。更に第二王子は華やかで目立ち、周りに慕われている。兄の王子のほうは正反対に誰にも見向きもされない。

明るく前向きなヒロインにそんな第一王子も一目惚《ひとめぼ》れをしたけれど、既《すで》に彼女は弟王子と恋仲になっていた。デビュタントでヒロインと踊ることになったのも第二王子。

「私のほうが、先に彼女と会っていたのに……!!」

第一王子は更に第二王子を恨むようになった。

ある時、第二王子の大怪我《けが》によりヒロインは聖なる力に目覚め、聖女と崇《あが》められる。

彼女の心の支えは第二王子で、国民は二人の仲を祝福する。第一王子はそれが面白くなく、《闇の力》を増やし自分の父を殺し、若くして国王となった。

そして第二王子を殺そうとするが、物語の主人公である第二王子とヒロインは、愛する人達を守りたい一心で彼に立ち向かい、国を平和にする。

めでたし、めでたし！


……ん？　いや、めでたしめでたし、じゃないよね⁉

よし。頭の中の整理をしよう、私には五つ年上の兄が二人いる。もう一度言う、私には五つ年上の「兄が二人」いるのだ！

長男ガーネット王子。血のように真っ赤な赤色の髪で金色の瞳に右眼には涙ボクロがある。九歳にして、気品に溢《あふ》れており、次期国王としての威厳がある美しい人。

次男ハウライト王子。ストレートのサラサラ金髪で瞳の色は綺麗な緑色、左眼に涙ボクロがあり、華やかで優しい人。

この二人があの小説のキャラ……？　悪い王子様がガーネット兄様⁉　男主人公《ヒーロー》であるのがハウライト兄様⁉

え？　私？　私はその末っ子の……エメラルド……！

てか、あれ？　エメラルドって誰よ⁉　小説には全然出てこなかったじゃない⁉

ハッ‼

あぁ……‼　そういえば物語の冒頭で……

《昔二人には幼い妹姫がいたが、その姫は事件に巻き込まれ殺された。そのせいで更に二人の間に溝《みぞ》が生まれていた》

と書いてあったっけ！

まてまてまてぃ‼　頭が混乱してきたよ。

「チョロされうってどーゆことぉ⁉」

そう叫んで、ガバッと勢い良く起きあがると、乳母とメイド達が心配そうに私を見つめていた。ベッドの横に立っていたのは、赤い髪色で金色の目と黒いマントをまとっている私の父、ピーター国王だ。そして金色の髪をしたハウライト兄様が私のベッドの右横に座り、心配そうに見つめている。

　更に隣には、赤髪のガーネット兄様もいた。

「……何だ。別に命に関わることではなかったじゃないか。私は忙しい、仕事に戻る」

　死にそうになった娘に優しい言葉の一つもかけず、そばにいた息子二人も無視で、ツンとした態度でパパは部屋から出ていく。

「良かった！　エメラルド、どこか痛くない？」

　ストレートのサラサラ金髪、綺麗な緑色の瞳で左眼には小さな涙ボクロありのショタっ子が言う！　九歳にしてはべらぼうに輝いてるよ！　可愛いよ！　ピカピカだよ！

　流石《さすが》、男主人公《ヒーロー》！

「……ハウアイト兄たま」

「本当に良かった、池で溺《おぼ》れたと聞いてビックリしちゃった」

　ハウライト兄様が頭を撫《な》でてくれる。

　本当に心配してくれていたみたい。いやぁ、自分のことより他人を優先する正義感強い人だからねえ。やっぱり子供姿でもオーラが半端ないよ。

　ハウライト兄様の後ろには、赤い髪がとても目立ち、金色の瞳で右眼に涙ボクロがあるつり目ショタっ子。かなり怒っておられまする。

ガーネット兄様も、悪役だと知っていてもブチ可愛いーなあああ！　本当に父親を殺して、国王になっちゃうのかなあ？　そんなふうに見えないよ！　可愛いーんだもの！

私が、にへらと笑っていると、ガーネット兄様は無表情のままツカツカとこちらに向かって歩き、ハウライト兄様の手首をギュッと掴《つか》む。

「ハウライト、気安くエメラルドに触るな。王族でもない汚れた血が」

「ガーネット、そんなに騒いだらエメラルドの体調も良くならないよ」

バシッ！　とハウライト兄様の手をバイ菌みたいな扱いで振り払ったガーネット兄様は、更に私を睨《にら》んだ。

「……エメラルド、お前も私の妹として恥ずかしい行動をとらないようにすることだな」

「うあ⁉　あっ、あい！」

九歳なのに、妙にしっかりしてるね⁉　ハウライト兄様とは違う種類のオーラが半端ないよ。そして既《すで》に険悪モードです。

ガーネット兄様はフン！　と鼻を鳴らし、部屋を出ていった。

「えっと……僕も……もう、自分の部屋に戻るね」

ニコッと笑って私の頭をまた撫《な》でたハウライト兄様も部屋から出ていく。

「………にーたま達、なかよくない」

「エメラルド姫様、そんなことありませんわ。お二人共、いつかは仲良しになれます」

近くにいた乳母のアンリ、通称アンが私を抱っこして励《はげ》ましてくれる。

ベッドの上で正座をし、私は考え事を始めた。

さて、どうする？　まずは私は何かの事件に巻き込まれて死んじゃうんだよね⁇　それはいつだろうか？　兄様達とヒロインのデビュタント前に私は亡くなるみたいだし……。体を鍛《きた》えておくべきよね⁉　自分の身は自分で守るしかないかな⁉

「……あたちにも、まりょく、ありゅはずっ」

試しに魔力と体を鍛《きた》えようとしたが……自分の魔力がそんなにないことに気づいた。情けないくらいにまったくと言っていいほど、ない！

その上、知力や体力、口調まで四歳の体にひきずられているようだ。

「……へっぽこ姫だょおぉ」

加えて、兄様達がチートすぎる！

それに比べて、私にはお花を少し元気にできるくらいしか力がないってどーゆこと！

兄様達は力がバリバリあるのに私はへっぽこ‼

いやいや、とにかく体鍛《きた》えておこう！　そうしよう！

でも……その前に私にはやるべきことがある！　とても大事なミッションだ！

「かぞくは仲良しならなきゃだめだもんね！」

そう、何よりも兄様達が争う未来は避けたいし、それ以前に、家族仲がよろしくない‼

死ぬの嫌だけど、家族仲が悪いのはもっと嫌だもん！

こうなったら、仲良し作戦よ‼　そして私は死なないで、いつか素敵なお嫁さんになるのだ！


次の日の朝食の時間。

長い廊下をてくてくと歩いている途中、長男のガーネット兄様が前にいた。

「ガーネ兄たま！　おはようございまふ」

後ろからギュッと抱きしめて挨拶《あいさつ》をすると、兄様は固まって少し驚く。

「…………いつも私を怖がり避けていたのに……珍しいな」

え⁉　そうなの⁉

エメラルドは、どうやらガーネット兄様に懐《なつ》いていなかったらしい⁉

「えへへ、エメはね、ガーネ兄たますきよ」

とりあえず笑って誤魔化《ごまか》そう！

「……………そ、そうか……父上が待ってる。早くしろ」

ガーネット兄様、頬《ほお》を少し赤らめてる！　あれ、照れているの？　少し無表情でわからないけど、明らかに照れてるんだよね⁉　可愛いぞ！

そうして私とガーネット兄様が一緒に食卓部屋へ入ると、お父様とハウライト兄様が既《すで》に長いテーブルに着いていた。

「おはよう、エメラルド。いい夢を見れたかい？」

「ハウアイト兄たま、おはようござまふ！　みたよ！　たのしいゆむだったよ！」

前世の記憶がブワブワとね！　思い出したよ！　私は頑張って生き延びるわよ！

ニコニコと挨拶《あいさつ》をする。すると、ハウライト兄様は軽く驚きながら話し出した。

「今日のエメラルドは、何だかとても元気だね。僕に興味ないのかと思ってたのに。人見知りは卒業したのかな」

うぉおぉーい！　エメラルドよ！　ハウライト兄様にも懐《なつ》いてなかったんかい！　人見知りだったの⁉

「んとね、みしりはなくなったよ！　エメね、ちゃんとあいさつするの！」

それにしても言葉が上手《うま》く言えないわ。早くきちんと話せるようにしたいわね。しかし……それにしても……何だろう朝から重たい空気感。

それに、テーブルが長《なが》っ！　え、話せなくないかな⁉　お互い離れていて、会話できないよね⁉　朝は楽しい一日が始まる最初のご飯の時間よ！

ピーター国王は、いや我が父は、後ろに控えている宰相と仕事をしながら朝食をとってる！　息子達との会話なしかい‼

……あの駄目パパもなんとかしないといけないわ！　こんな可愛らしい息子達をガン無視とは、駄目だよ！

ガーネット兄様はそれが当たり前だという感じで黙々と手際良く綺麗に朝食を食べてる。ハウライト兄様は気まずそうに、静かに食事を進めていた。

私はそろりと椅子から下りて、てくてくと歩き、パパのそばに控えている緑色の髪で眼鏡をしている男性のズボンをくいくいっと引っ張る。

「おぢたん、エメ達のイスをはこんでちょーらい」

「おや？　エメラルド姫様が私に声をかけるとは珍しいですね。それと私の名前はレピドライト・ペリドットですよ」

ニコッと私の頭を撫《な》でるイケメンさん。

知ってるよ、この国の宰相だもんね！

「レピさん、エメとね、兄たま達のおせきね、パパとはなれてるの」

ガチャン、と持っていたフォークを落としたパパは、私を見て驚いていた。

「………パパ、だと？」

「うん、パパ！」

そう驚く国王を、レピドライトさんがニヤニヤしながら見る。一方、パパは私をジッと見つめていた。

「…………朝食は静かに食べるものだ」

「え？　でもね、エメはみんな大すちだから、くっついて一緒に食べたいよ！」

「………ふむ……そうか……ガーネット、ハウライト。席が遠いようだ。近くに来なさい」

「「……はい？」」

ガーネット兄様達は固まった。いや、周りにいるメイドや執事も固まっている。

なんで？　いいことだよね？　諸君！　日本の食卓は家族揃《そろ》って近くで楽しく話しながら囲むものなのだよ！

私達は執事達に椅子を運んでもらい、パパの近くに行って、みんな仲良く朝食を楽しんだわ！良かった良かった！　メイドや執事達は冷や汗をかき、宰相のレピドライト——レピさんは、何故《なぜ》かお腹《なか》を押さえて笑うのを我慢している。

——無口な国王と不機嫌な第一王子、戸惑《とまど》いを隠せない第二王子、……そして、ニコニコと上機嫌にベーコンをペロリと食べる小さな姫の姿がそこにあった。

✿さあ！　家族仲良し大作戦始めるぞ！

午後。私は庭先をパタパタと走り回り、後ろに控えた乳母やメイド達に見守られながら、お花を摘んでいた。

仲良し作戦はどうしようかな？　とりあえず挨拶《あいさつ》が大事だよね。

少し歩いた場所で、一人で剣の練習をしているガーネット兄様を発見する。

「はあっ！」

カキン‼　と鋭い音が響いた。

まだ九歳なのにもかかわらず、大人顔負けでとても強いガーネット兄様。

うーん、流石《さすが》はラスボス！

ガーネット兄様は私の存在に気づいたのに、プイと無視する。

パパといい、ガーネット兄様といい、君達親子の中で無視が流行《はや》りなのかい？　無視は良くないよー！

「ガーネッ兄たま！　れんしゅう？」

私がぐいぐい近寄ると、ガーネット兄様は観念したのかこちらを見た。

「…………剣の練習だ。危ないから近寄るな」

「あいっ！」

「いや、だから…………私に近づくな」

「エメがいや？　ちらい？」

「…………そこで座って待ってろ」

「あいっ！」

頑張って強くなろうとするガーネット兄様。従者もつけず、彼はいつも一人で黙々と勉強や鍛錬《たんれん》をしている。誰も寄せつけないオーラは…………父親譲り間違いなしね！

後ろにいるメイド達は、私とガーネット兄様が一緒にいること、いや、話している光景が珍しいのか、戸惑《とまど》っている様子だ。

乳母のアンだけはニコニコと微笑《ほほえ》んでお茶を用意してくれた。

「ガーネット王子様、エメラルド姫様、紅茶をご用意したので少し休憩いたしましょう」

アンをジロッと睨《にら》みながら無言で椅子に座るガーネット兄様。

へへ、何だかんだ紅茶は一緒に飲んでくれるんだね！　優しい！

「ガーネ兄たま、エメもね、つよくなりたいの」

いつどこかで殺されるかもしれないフラグを折りたいし、生き延びても兄様達の争いに巻き込まれて死ぬ可能性がある！　仲良く暮らすのが一番だけど念には念を！

「……………強くなってどうする」

「んとね、兄たま達をまもるんだよ！」

平和が一番よ！　ガーネット兄様よ！　だから実の父親を殺さないでね⁉　仲良くしよう！　私の想いよ、届けい‼

ジッと私を見て、少しだけ口元が笑うガーネット兄様。

「…………魔力もそんなにないお前がな……」

「エメもね！　つよくなるからだいろーぶよ！」

私は椅子から下りて向かいにいるガーネット兄様のほうへパタパタと走り、彼の片方の手をギュッと握った。

何事だとキョトンとするガーネット兄様。

「………………ミルクティーが冷めるぞ。どうした？」

「ガーネ兄たま、おあたま、さげて！」

「………………？」

兄様は渋々頭を下げてくれた。彼はいつも一人なのだ。その孤独を埋めてくれるのは小説のヒロインだから、ガーネット兄様の暗い闇を全部は拭《ぬぐ》えないけれど、妹として私にできるのは褒《ほ》めてあげたり笑顔でいたりするくらいだ。

「いーこいーこ！　ガーネ兄たまいーこ！」

真っ赤な髪を撫《な》で撫《な》でして褒《ほ》めた。

まだ若いんだから甘えてもいいのに、甘えられなくなっちゃったんだよね。褒《ほ》めるくらいはいいでしょう！

「………………」

あれ？　固まってる？　嫌だったかな？　表情が見えない。

ブチ切れちゃうのかな？　何か耳が赤いけど大丈夫？　剣の練習したせいでお腹《なか》すいたのかな？

「ガーネ兄たま？　スコーンたべゆ？　おなかすいた？」

「…………いや…………いらない……」

あの後、凄《すご》い沈黙が続いたけど、なんでだろ??

スコーンが美味《おい》しすぎたからかな？

何はともあれ、今日のミッション！　長男ガーネット兄様と仲良しになるのに一歩近づいた、かな？


それにしても、へっぽこであろうが、転生してからはやっぱり自分はお姫様だと、今、実感中。

遊んでばかりではいけないと、マナーや歴史などのお勉強をしなくちゃならない。

そんなわけで、本で読んだことを家庭教師達に報告すると、みんな驚いていた。

「エメラルド姫様は魔力こそ微々たるものですが、学力はとても高いと見受けられますね！」

「魔力はまっったくない姫様ですが、この歳《とし》でこの学力は凄《すご》いです！」

ふっ…………！　魔力はへっぽこ並だから勉強は頑張らないといけないものね。それに、やっぱり褒《ほ》められると嬉しいものだし、結構、勉強って楽しいんだよね！

さて、勉強はある程度終わったから、今日のミッション、男主人公《ヒーロー》のハウライト兄様に会いに行こう！

ハウライト――小説でヒロインの恋人となるヒーロー！　彼は何だか仕草もやることも全てが王子様なのだ！

前世では「ハウライト様イケメンすぎる！　お姫様扱いされたいわ！」と、私も悶《もだ》えていたなあ。

ハウライト兄様はいつも一人で城の図書室にいるはず！

図書室へ向かうと、窓際で金髪美少年が本を読んでいた。

「コンコン。ハウアイト兄たま。おひまですかー？　エメと遊びまちょー」

「エメラルド……？」

流石《さすが》はヒーロー！　キラキラなオーラ半端ないわね⁉

「エメね、マシュマロもってきたよ！　いっしょにたべよ！」

私はマシュマロが大好きで、よく袋に入れて持ち歩いている。

さあ！　ちびっこヒーローよ！　一緒に食べて親睦《しんぼく》を深めようではないか！　美味《おい》しいお菓子は好きでしょ？

すると、ハウライト兄様がクスッと笑う。

「うん、エメラルドと一緒にマシュマロを食べられるなんて僕は嬉しいよ」

うん。笑顔がきゃわきゃわですよ⁉　こりゃ令嬢達もイチコロだよね。

「ハウアイト兄たまは、なにをよんでるの？　あ、これ！　エメもね、よんだよ！　キュータス帝国のれきしと聖書について！」

ニコニコと自分も勉強してますアピールをすると、ハウライト兄様は驚いていた。

「これ……十四歳から学ぶことなのに、エメラルドは凄《すご》いね。聞いてはいたけど、もう難しい文字も読めるみたいだし」

いや、君も九歳で凄《すご》いよ⁉　私の場合は前世でのある程度の知識と呑み込みの早さがあるだけだし。

私とハウライト兄様は沢山《たくさん》の本を読みながら、語り合った。兄様は私がまだ学んでいない部分など、沢山《たくさん》教えてくれる。

「エメラルドは凄《すご》いね。呑み込みが早い」

「ハウアイト兄たまも、しゅごいよ！　たくさんたくさんしゅごいよ！」

しばらくして、ハウライト兄様は少し遠い目で窓の外を見つめて話す。

「勉学も剣術や魔力も頑張らないと……亡くなった母さんに悪いからね……妾《めかけ》から生まれた王子は王子でないという声もあるし。って、エメラルドに言ってもしょうがないね、マシュマロ食べようか」

そして、私を優しく抱っこしてくれた。

何だか瞳が少し寂《さび》しそうよ……。

あ、そっか……。男主人公《ヒーロー》ハウライトは完璧王子でいつもみんなに囲まれていたものの、ひとりぼっちだったんだ。母親を亡くし、急に現れた父親が国王、異母兄弟となる長男とは不仲。自分の居場所を探していたのかもしれない……

私はハウライト兄様の頬っぺたをムギューとした。ビックリするハウライト兄様に教えてあげる。

「さびしいときね、お互いの頬っぺたをね、ムギューすると笑うんだよ！　ほら、ハウアイト兄たまもエメの頬っぺたムギューして！」

これは前世でばあちゃんが教えてくれたのだ！　辛《つら》いことがあるときは頬っぺたをムギューして笑えってね!!

ハウライト兄様は少し頬《ほお》を赤らめていた。

恥ずかしいのかな、ムギューは？　大丈夫！　笑いなさいな！

「ムギューだよ！」

「ははっ、エメラルド変な顔。うん、ありがとう」

ニコニコと笑顔の私達は、マシュマロを一緒に食べる。

ハウライト兄様の寂《さび》しさを埋めてくれるのはヒロインだけど、とりあえず元気を分けてあげるくらいは妹としていいよね！

——今日は男主人公《ヒーロー》と少し仲良くなったかな⁉　マシュマロ仲間になったものね！


「ガーネ兄たま！　おふぁよう！」

「…………あぁ」

「ハウアイト兄たま！　おふぁよう！」

「おはようエメラルド。今日も元気がいいね」

本日。私は兄様達二人の手をとりながら廊下を歩いていた。

左側にはガーネット兄様、右側にはハウライト兄様で真ん中は私！

ほら、仲良く兄妹手を握って歩く作戦よ！　仲良し作戦しなきゃならないからね！

そして次に控えるパパとのスキンシップ作戦の予行演習でもある！

ガーネット兄様が不思議そうな顔をする。

「……何故《なぜ》、手を繋ぐ必要がある？」

「ガーネ兄たま、今日も天気がいいからだよ！」

「僕は、えっと……後ろに控えていようかな」

「だめだよー！　ハウアイト兄たまもエメとお手手つなごう！」

因《ちな》みに今日の朝ご飯、クロワッサンあるかな？　サクサクふわふわしてて美味《おい》しいんだよねえ。

「きょーうのーあさごはんはーなーにかなあ♪」

「「…………………」」

周りにいるメイドや執事達は、この世のものとは思えないというふうな表情でこの光景を見つめているわね。

……わかるわ。歌で誤魔化《ごまか》しているけど、すっっっごい気まずい空気が流れているんだもの！

しかーし！　私はまだ何もわからないちびっこよ！　このまま続行しちゃうもんね！

キィッと食卓部屋の扉を開けると、既《すで》にパパがテーブルに座っていた。手を繋いでいる私達を見て凄《すご》く驚いている様子だ。隣に立っていた宰相のレピさんも驚いた顔をしたもののニッコリと挨拶《あいさつ》をしてくれた。

「おや。朝から御兄妹仲がよろしくて微笑《ほほえ》ましいですね？　ピーター国王」

「レピさん！　おふぁようござます！」

「おやおや、エメラルド姫様は今日も可愛らしいですね」

見た目は確かにそれなりかもね！　へっぽこだけどね！

「……いいから座れ……朝食を食べろ」

「パパおふぁようだね！　あー！　やった！　今日はクロワッサンだ！」

うわー！　やった！　クロワッサン！　クロワッサンだよ！　しかも色々な種類がある！　素敵すぎるよ！　なんて贅沢《ぜいたく》な！　チョコクロワッサンある！　キャラメルも！

「…………クロワッサンが好きなのか」

突然、無口のはずのパパが質問してきた。ガーネット兄様もハウライト兄様も口をポカンと開ける。

うん、最近朝食は近くの席で一緒にとっていたけれど、相変わらず静かで私が一人でペラペラと話していただけだもんねえ。

「違うよ！　いちばんはね、マシュマロ！　エメはね、マシュマロがいちばんすき！」

「…………そうか」

お？　少しは娘に興味を持ってくれたのかな？　よし！　ここはもうひと押ししよう。

「パパ！　エメね、大きくなったんだよ！　マシュマロのおかげ！　ほら！」

さあ！　ごらんなさい！　この可愛らしい女の子ポーズを！　密かに鏡の前で練習し

てみたんだよう。

ニコニコとパパのほうへ寄り添うと、首を傾《かし》げながらパパはやっぱり無表情のままだった。

「…………ふむ……」

「えっ」

ところが突然、フワッと私を抱っこする。

え、初めてじゃないかな？　パパに抱っこされるの。

周りのメイドや執事、乳母のアンも驚いている。そして、宰相のレピさんはめちゃくちゃ笑ってるよ。

失礼な！　親子のスキンシップよ！

「……重くなったな」

「んとね、マシュマロのおかげだよ！　あっ！　ガーネ兄たまとハウアイト兄たまもね、おっきくなったよ！」

くるりと振り返り、パパは兄様達を見つめる。

「………そうか………お前達も大きくなったのだな」

パパはガーネット兄様とハウライト兄様の頭をふわりと触りふっと撫《な》でた。

え、撫《な》でたよ⁉　ハウライト兄様は何だか、嬉しそう！

一方、俯《うつむ》くガーネット兄様を、パパはあいていた片手でヒョイッと抱き上げる。

「…………は⁉　父上‼」

そして、めちゃくちゃ驚いて固まるガーネット兄様を無表情のまま見つめた。

「……お前もマシュマロのおかげで強くなったのか」

同じく無表情のガーネット兄様。

「…………いえ……違います。いいから下ろしてください……」

「…………そうか……」

ハウライト兄様がクスクス笑っている。

私もニコニコ笑って、美味《おい》しいクロワッサンを沢山《たくさん》食べた。

ほんの少しだけ和《なご》やかな朝食となったから、結果オーライかな？

あれから数日。パパはみんなを無視しなくなった。ガーネット兄様も相変わらず無表情だけど、私に声をかけてくれるようになっている！　まだたまに無視されるけどね！

これって凄《すご》い進歩じゃない⁉　ハウライト兄様はやはりヒーローというべきか、優しい！

とりあえず仲良し作戦は続行中……でも、今日の私はやるべきことがもう一つあるのだ！

「よちっ！　今日は魔力のとっくんだね！」

どうも私の力は並以下……とんでもなく並以下だわ！

でも努力すれば、へっぽこ卒業するかもしれないしね！

ここ、スターダイオプサイト国には魔法の力がある。

とはいっても、みんなが全て魔力を持っているわけではない。だって、国には庶民から貴族まで沢山《たくさん》の人がいる。庶民の場合、魔法が使える人は少なく、力が強ければ騎士や魔術師になる出世コースに乗れる。

力が強いのは王族のみといわれ、ガーネット兄様は、パパに次ぐ力を持ち、最も偉大な王に近しいと恐れられていて、ハウライト兄様はそれ以上に力が強いので次期王はどちらだと噂《うわさ》されているのだ。それが余計ガーネット兄様達の関係を悪くさせちゃっているのかなあ。

「くーっ！　そ・れ・にゃ・の・に！　王族であるあたちの魔力といったらっ！　えいっ！」

私は道端で萎《しお》れている小さなお花をめがけて自分の魔力を注いでみる。萎《しお》れていたお花が少ーしだけ生き返った。

……少しだけかい！　あぁ……しかも力を使い果たして体力へロへロだわ。お腹《なか》すいちゃったなあ。

「マシュマロ、マシュマロの力がひつようよ！　オラに力をわけてけれー！　マシュマロー！」

ポケットにしまっているマシュマロを取り出しパクッと食べた。

やっぱりマシュマロは最高の食べ物だわ！

「……魔力の練習か？」

突然声をかけられ、後ろを振り向くと、ガーネット兄様だ。

剣術の練習を終えてシャワーからの帰りみたいだけど……ショタ王子よ……なんちゅー色気なのさ⁉　意味わからないくらいエロいわよ！　なんか、流石《さすが》ラスボス的立ち位置だと納得だわ！

「…………エオイわ！」

「…………よくわからないが…………少しお前は力みすぎてる」

「ふぇ？」

兄様はふうと溜《た》め息《いき》をつきながら、私の右手を優しく握ってくれた。

「………いいか。むやみやたらに力を出せばいいわけではない。イメージを掴《つか》むんだ」

「イエージ………」

相変わらず無表情のまま頷《うなず》くガーネット兄様。

あれ、教えてくれてるのかな？　よーし！　頑張ってもう一度あの小さなお花を元気に咲かせよう‼

「エメラルド？　……ガーネット……何をしているの？」

声をするほうへ振り向くとハウライト兄様がいた。ハウライト兄様は私達の様子を見てガーネット兄様に声をかける。

「まだ幼いエメラルドに魔力の使い方を教えてるの？　エメラルドは小さいし、力も弱いから体力を消耗《しょうもう》するんだよ」

「ハウアイト兄たま！　エメね！　マシュマロあるからだいろーぶよ！」

さあ！　見てなさい！　二人共！　私のへっぽこ魂《だましい》を‼

ガーネット兄様はハウライト兄様を睨《にら》みつけた。

「……弱い、と誰がいつどこで決めた？　こいつは自分からやろうとしている」

「兄ならば妹を守ってあげて注意をするべきだと僕は思う！」

名づけて《家族仲良しこよし大作戦！》。

パパは少し黙って私を見つめる。

えっと……目が怖いよ？　優しく見てほしいよう？

「えへへへ……エメ、ピクニック大好きよ」

えーい！　沈黙はキツイから何か言ってほしい！

私のピンチを察したのか、隣に座っているハウライト兄様が話に加わって賛成してくれた。

「えっと……僕も父上と出かけたことがなかったので、行きたいですね」

救世主が現れたわ！

爽《さわ》やかな笑顔をパパに向けるハウライト兄様に、メイド達はメロメロになっている。

流石《さすが》はヒーローだね！

そして、向かいに座って眉間《みけん》に皺《しわ》を寄せる、明らかに不機嫌なガーネット兄様。

《は？　何故《なぜ》、私が貴様とピクニックなんぞしなきゃならない》と顔に書いてある。

仲良くしようぜ、兄よ。

「ガーネット兄たま！　いや？　エメとピクニックでムシャムシャわいわい、いや？」

ガーネット兄様は黙ってジーッと私を見つめる。

いや、だから何か言ってほしいんだけどね。ここは目を逸《そ》らしちゃいけないわ！

私はガーネット兄様の両手をギュッと握り、ガーネット兄様をジーッと見つめた。

ガーネ兄様は、ただコクンと頷《うなず》いてくれる。

これはオッケーってことよね⁉　そうよね！

「あいっ！　ちまり！　みんな今日ピクニックね！　パパもお仕事おひるにはおわりやせてね！」

宰相のレピさん（と私はそう呼ぶ）がクスクス笑いながら、パパの仕事のスケジュールを確認してくれた。

「姫様のご要望なのですから、今日午後に予定していた仕事は明日いたしましょう」

コクンと頷《うなず》くパパに、レピさんはお腹《なか》を押さえて笑っている。

午後になった。

とても良い天気でポカポカのピクニック日和《びより》だね！

私達は一緒に馬車に乗り《聖獣の森》へ行くこととなる。

沢山《たくさん》お花咲いてるみたいだし楽しみ！

……それにしても馬車の中は空気が重い。

「「「…………………」」」

会話なしかーい！　親子なら色々あるでしょう⁉　今日の朝ご飯美味《おい》しかったね！　とか。ほら、あと息子とキャッチボールして親子の仲を深めるのよ⁉　馬車の中の空気がとてつもなく悪いよ！

くっ……これは私の楽しみにしていたおやつをあげるしかないかもね。

「パパ！　ガーネ兄たま！　ハウアイト兄たま！　マシュマロ！　おやつだよ」

パパとガーネット兄様は相変わらず無表情。というか、この二人は仕草もまんま似すぎだよ。

ハウライト兄様だけがニコニコと私に笑ってくれてた。

「うん、マシュマロ美味《おい》しいね」

頬《ほお》を赤らめながら私の頭を撫《な》でるハウライト兄様が何だか可愛いわ！　撫《な》で回したいわ！

「あ、目的地に着いたみたいだよ」

「うあー！　おはな、きれいー！」

森へ着くと、そこには綺麗な白いお花がいっぱい咲いていた。レピさんと、何人かのメイドと護衛騎士を私は手招きする。

「みなさーん、お昼でしゅよー！」

みんなただ立ったままでは駄目だからね！

私がサンドイッチを配ってあげると、レピさんは嬉しそうな顔で受け取ってくれた。

「おや、私にもいただけるのですか？　ふふ、エメラルド姫様にみんな癒《いや》されているようですね。メイド達や騎士達はみんな姫様の虜《とりこ》みたいです」

虜《とりこ》？　いやいや、聖女ヒロインが来たらみんな彼女にメロメロになるからね！　私はただのへっぽこさ！

「んと、エメはね、みんな仲良しさんなればいーの」

特に家族な！　長男は父殺すし、次男は長男殺すし！　物騒だからね！

レピさんが私の頭を優しく撫《な》でてくれる。

「……そうですか。私もそう思います……。少しずつお互いを認め合えれば良いのですが……さあ、三人が座って待ってますよ」

「あいっ！」

少し遠く離れていたところでパパと兄様達が座って待っていた。

みんなでピクニック！　やっぱりお外で食べるの気持ちいいしねぇー！

テテテと走りながら、私は手を振る。

「パパ！　ガーネ兄たま！　ハウアイト兄たま！」

けれど、目の前の三人は何故《なぜ》か立ち上がり、ハウライト兄様なんて青ざめていた。

え？　何⁉　どうしたの？

「エメラルド危ない！」

「きゃー！　姫様！」

メイド達の叫び声に振り向くと、そこには大きな熊が！　いや、これ、猛獣のクイーングレーという危険な生物の中の一匹だよね⁉　私が固まって動けなくなったのを見て、ヨダレを垂らして襲いかかってきた‼

「……えぅ……うそ」

あ、死ぬの⁉　私ここで死ぬのかな⁉　そのシーンなのかな⁉

そう考えて目を瞑《つぶ》った瞬間――

「「「……果てろ……」」」

三人の低い声が聞こえたのと同時に、物凄《ものすご》い勢いの炎の玉が猛獣に当たる。当然、クイーングレーは吹き飛ばされた。

ドガーン‼　と大きな音が鳴り響く。

えと……うん。凄《すご》い力ね。三人力合わせて、私を守ってくれたんだよね……でも……

そのせいで周りにあった森が一つなくなった。

「さあ、エメラルド見晴らしもよくなったし、サンドイッチを食べようか」

え？　何故《なぜ》ハウライト兄様は、爽《さわ》やかで可愛い笑顔のまま何事もないような感じでピクニックを勧めるの⁉　そして、パパとガーネット兄様も何事もなかったかのように、ただ黙ってサンドイッチを食べているの？

「ちゅ……ちゅえー……」

あんな大きな猛獣を一気に力でぶっ放すって、チートすぎるよ私の家族は！

——この後、魔術師達が森を綺麗に直してくれました！

第二章　へっぽこ姫の元気な毎日　ガーネット兄様の腕の中はポカポカ編

✽悪夢を見ちゃった

——真っ暗な闇が私を覆《おお》っていた。

「死ね！　エメラルド姫！　生贄《いけにえ》だ！　これで国も安泰なのだ！」

嘘《うそ》……やだ……！　私はまだ死にたくない!!　まだ、パパ達と仲良し作戦でやってないことが沢山《たくさん》あるのに！　死にたくない！

ハッ！　と目が覚めると私はベッドの上にいた。朝だ。

「……こあい夢だった……マシュマロ食べよ……そうちよ……」

さて、あのピクニック事件から何故《なぜ》か城の警備が強くなっているらしい。

うん、またあの猛獣みたいなのが来たら、可愛い兄様達が怪我《けが》……は、しないけど、城ごと壊れちゃうからね！　警備万歳だね！

さて今日の私は——家族仲良し作戦を考えねばならないわ！　とりあえず勉強して

午後はレッスンして、魔力の特訓してから考えよう‼

うぅ……それにしても眠い……。昨夜、何か怖い夢を見たのよね。なかなか寝られなかったからちょっぴりしんどいかも……

今夜の夕食はみんなそれぞれ用事があってバラバラ。久しぶりに一人ぼっちのご飯って寂《さび》しいなぁ。パパは仕事かな？　一応寝る前に挨拶《あいさつ》しなきゃね！

パパを捜していると、王室でレピさんとバッタリ会った。

「あれ？　レピさん！　パパは？　いないの？」

「あぁ、ピーター国王は隣国の王達と会議のため、今はおりませんよ」

「そっかあ、エメね、おわすみいいたかったんだけどなあー、ありあとー！　レピさんおわすみ！」

「はい、お休みなさいませ」

……ちょっぴり残念！　最近はそばにいても無視しないで、たまに膝の上に乗せてくれるんだよね。一度ガーネット兄様にも一緒に座るかとパパは聞いたけど、無視されていたなあ。

多分、ガーネット兄様も甘えたいはずなのに、意地っ張りやさん。ハウライト兄様は、照れて断っていた。

「ガーネ兄たまもハウアイト兄たまにもあえにゃいとは……」

ガーネット兄様とハウライト兄様は貴族のパーティーへ行っているみたいで、彼らにもお休みの挨拶《あいさつ》ができなかった。

私ももう少し大きくなったらパーティーとか行くのかな？　その時は沢山《たくさん》のマシュマロ系のお菓子があると嬉しいなあ。

私はメイドにベッドへ連れていってもらい寝ようとしたけれど……寝られない！　眠たいのに！　昨夜怖い夢を見たせいか、寝られない。もう真夜中の十二時！

「ふけんこうだ……うぅ……でも寝れにゃい……」

なんとなく部屋から出て、トボトボと歩いてボーと星空を眺める。

「…………そこで何している」

振り向くと、ガーネット兄様だった。

「パーチーもう終わったの？」

コクンと頷《うなず》くガーネット兄様。

「……子供は寝る時間だ。早く寝室に戻れ」

いや、君も子供でっせ？

そうツッコみたい。

「……エメね、こあい夢みてねれないの」

「…………………」

また殺される夢を見るのが正直怖い。

でもなあ、寝るしかないんだよねえ。気合入れて寝るしかないか！

そう思った瞬間、フワッとガーネット兄様が私を優しく抱き上げた。

「…………星が沢山《たくさん》ある」

「ぬ？　え？　うん！　たくさんたくさんある！」

「…………数えろ」

え⁉　あの沢山《たくさん》ある星を数えろと⁉　兄よ、一体私にどうしろと⁉

駄目だ。無表情で何考えているかわからないわ！　と、とりあえず数えよう。

「いっち、に、さん、よん、ごぉー、ろく、なな……」

何だか……ガーネット兄様の腕の中、凄《すご》い安心するなあ……。ぽっかぽかなんだもん。

悪役の立ち位置をなんとか外してあげたいなあ……。ハウライト兄様と仲良しになれたらさ、最強コンビだよ、二人共。パパとも仲良くなって、みんなでまたピクニック行きたい。

「──むにゃ……よん……きゅー………」

　スヤスヤ眠るエメラルドを起こさないように抱えてガーネットは寝室のほうへ向かう。

その足がピタッと止まった。

目の前にハウライトが現れ、スヤスヤと眠るエメラルドを見てホッとした表情をする。

「ガーネットも優しいところがあったんだね」

「……気安く私に話しかけるな。苛々《いらいら》する」

「うん、僕の可愛い妹のエメラルドを傷つけないようにしてね」

「……………誰が誰の妹だ」

「僕は僕なりに考えがあるし、ガーネットにもあるのはわかるけど……ガーネット、日頃の人に対しての態度良くないよ。今日のパーティーでもあんなに敵を作るようなことは駄目だ。エメラルドに優しくしているみたいに、他の者にも、いつもそんな感じにー」

「貴様のように誰にでも、愛想振りまいて顔色を窺《うかが》っている暇はないからな」

「…………なっ！」

「つまらん奴」

　二人は少し睨《にら》み合《あ》う。そしてしばらく、ハウライトはギュッと拳《こぶし》を握ったままその場を去ったのだった。

✿親子クッキング！

「レピドライト……息子と娘達は……何が好きだろうか」

その日。ピーター国王に話しかけられたレピドライトは、バサバサと資料を落として口を開ける。更にむせて国王の顔を二度見した。

「ゲホゲホ！　えーと……それはどういうことでしょうか？」

「………ふむ。この前、他国の王達と子供の話をした時に、彼らが自分の子供を自慢してきたのだ。一緒にお菓子作りをしたと」

「おや、羨《うらや》ましかったのですか？」

ピーター国王は書類を机に置き溜《た》め息《いき》をついた後、少し首を傾《かし》げながら宰相であるレピドライトに尋ねる。

「………私は……父として失格なのだろうか？」

「え？　当たり前ですよ？　何を今更言ってるのですか。散々、子供達との交流を避けて仕事ばかりしておいて。え、なんですか、そのショックの顔」

「…………キッパリ言うのだな」

「今のは友人として注意しただけですよ。まあ……最近の貴方は少し変わられたかもしれませんね。そうですねえ……一番貴方が話し合わなきゃいけないのは、ガーネット王子ではありませんか？　王子は貴方に対して冷めております。ハウライト王子は、貴方と色々と話したそうですし。エメラルド姫様は、可愛らしいですね！　天使ですね！」

「……ふむ……なるほど」


――次の日。私は今、寝起きにドッキリなのかというくらいビックリしていた。

パパに呼ばれて部屋へ入ったら、何故《なぜ》かエプロン姿のパパ……

え？　ごめん、本当どうしたの？　頭おかしくなった⁉　後ろにいるレピさんは大爆笑しているし、私も正直笑いたい！　笑いたいよ！

「えへへ！　パパ！　エプロンすがた、わら……とてもすてき！」

すると、あの無表情だったパパが少しだけ笑った‼　笑いながら私の頭を撫《な》でる！

貴重だね！　エプロン姿もだけど！

コンコン。

「父上、お呼びでしょう……」

「あ、ハウアイト兄たま」

ちょうど部屋に来たハウライト兄様も、案の定固まっている。うん、汗を垂らしているね。なんて言えば良いか迷っているわ！

「ち、父上の……その……ピンク色のエプロン、お似合いです」

コクンと頷《うなず》くパパ。え、それ、気に入ったわけ？　そして更にレピさん大爆笑。

そこへ、再びノックの音がする。

コンコン。

「失礼しま…………」

「ガーネ兄たまっ！」

ガーネット兄様はフリーズしている、しかも無表情のまま。……あ、少し引いている顔だわ。

そんな状況にもかかわらず、パパは私を抱っこして、真剣な眼差《まなざ》しで私達を見つめてから歩き始める。

「さあ………作るぞ」

《え？　何を？》

——そう三人の子供達の心の声が揃《そろ》った瞬間だった。

私達は王宮のキッチンへ向かった。

どうやらクッキー作りをしようとしているみたい！　パパからそんなお誘いがあるなんて凄《すご》い！　しかも、親子揃《そろ》ってエプロン姿で……三人共イケメンすぎる！　ピンク色のエプロン姿だけどね！

「エメうれしい！　みんなでクッキー！」

「……エメラルドはまだ小さいから、ここに大人しく座れ」

「あいっ！」

ハウライト兄様は何だか嬉しそー、パパと交流するのがとても楽しいんだね！

それにしても流石《さすが》ヒーローね、エプロン姿も輝いているわ！　ガーネット兄様は………明らかに不機嫌!!　ピンク色のエプロンを何度も見ては舌打ちしている。可愛らしい姿だから大丈夫よ！

パパは小麦粉を取り出して丸々とボウルに入れた。

「あとは砂糖だな。ガーネット砂糖を入れてくれ」

ガーネット兄様は無言で砂糖を取り出し……いや、それ塩じゃないかな!?

「ガーネット、それは塩だよ。砂糖はそっちで……」

おぉ！　ナイスフォロー！　ハウライト兄様！

ガーネット兄様がハウライト兄様を睨《にら》んでいる。

「次は卵だな」

いや！　パパ⁉　卵を殻《から》ごと入れてどうするの⁉

何このハラハラする親子クッキング‼

「あ、あの……父上……卵は割ってからでないと」

いやもう完全にハウライト兄様しかクッキー作れない感じじゃないかな⁉　完璧にこなすハウライト兄様に闘争心燃やしてムキになってるガーネット兄様を止めて‼　形なんて丸でいいんだよ⁉　職人目指してる感じよ！　パパはなんで魚を持ってきたああ‼

え？　大丈夫⁉

「えと……エメもてちゅだいますかー？」

ガーネット兄様は私の頭を撫《な》でる。

「…………大丈夫だ。楽しみにしてろ」

いや、凄《すご》い不安だよ！

「あれ？　かまどが壊れてます」

ハウライト兄様がかまどを準備しようとしていたが、何やら壊れていて使えないらしい。パパは少し考えこんだ。

「ふむ……ならば魔力で焼くか」

「「……え？」」

ガーネット兄様とハウライト兄様がそう声を出した瞬間、パパはクッキー生地めがけて炎を出した。……うん、とても強い炎をね。

キッチンの半分が真っ黒状態……レピさんや兄様達、パパも、炎がかからないよう保護魔法をかけてくれたみたいで私は大丈夫だった。

いや、それよりも何故《なぜ》かパパが誇らしげな顔をしてる。

「……お前達と作ったクッキーだ」

涼しげな顔で言うが、約四枚しかクッキーが残されなかったのを、できたというべきか？　ともかく、私達に一枚ずつ渡してくれた。ハウライト兄様は今まで堪《こら》えていたのか笑い出す。

「ぷっ……もう駄目ですっ……父上はクッキー作りには向いてないかと思います」

頬《ほお》を赤らめつつも嬉しそうにクッキーを食べるハウライト兄様。私も恐る恐る食べた。

「はわ！　おいちぃ!!　ガーネ兄たま！　おいちいよ！」

「……別に私はいらなー」

「ガーネ兄たま！　はい！　あーんっ」

「………………今回だけだぞ」

少し頬《ほお》を赤くして照れながらもクッキーを食べてくれたガーネット兄様は、やっぱり可愛い！

その後、乳母のアンがやってきて、「王はキッチン出禁!!」と言われていた。

でも………………私からじゃなくてパパから誘ってくれて何か作るって嬉しいね!!

「へへ、エメ、パパ達がちゅくってくれたクッキーすきよ」

その後、少しだけパパはまた笑いかけてくれ、ハウライト兄様も嬉しそうに笑った。

ガーネット兄様も少しだけ口元が緩んでいる。

うん、何だかこの瞬間が幸せだなあと感じた。

✿悪役配下と友達になりました

あれから数日後。今日はとても天気が良くて気持ちが良いので、私はお散歩中である。

ガーネット兄様やハウライト兄様は忙しいようで、パパも相変わらず仕事人間。でもまあ、王様だしね！　なんでも最近盗賊が出たり子供達の人身売買がされていたりと事件が多いみたい。これって、もしかしてもしかして、私が事件に巻き込まれる予兆じゃないよね？

「あははは、まちゃかね！　そんなちゅごうの良い、てんかいないないない！　マシュマロたべておちつこ」

モグモグと大好きなマシュマロを食べていると、少し古ぼけた塔を見つけた。

「アン、ここはどんなとこなのー？」

後ろに控えていたアンに聞いてみる。

「あぁ、ここは魔術師様達の研究場所ですよ。さあ冷えてきましたので帰りましょう」

この国の繁栄を願い、力がもっと強くなるよう研究している者達の塔とかなんとからしい。

「ふぅーん……」

チラッと窓側を見ると、顔の片方だけ包帯をしている黒髪で瞳の色が紫の小さな男の子と目が合った。

わわ、綺麗な子。兄様達並に綺麗だなあー。なんか見たことあるような。

「アン、男の子がいる！」

「あら、あの子は確かモリオン家の養子に入ったばかりのブラッドストーン様ですわね」

「ブリャットスチョーン！　モモモリオン家!!」

アンの言葉に私は一気に青ざめる。何故《なぜ》なら、モリオン家の養子であるブラッドストーンといえば、髪が黒く瞳は紫色のそれは妖艶《ようえん》な姿であり、小説ではヒーローであるハウライトの次に人気だった人物！　魔力がとてつもなく強く、そして……ガーネットの闇の力に惹《ひ》かれて配下となる人物だ。

《私の下で働き、私のために死ね》

《ガーネット王子のご命令であるのならば喜んで》

彼のガーネットへの忠誠心に腐女子達が騒いでいたわ。カップリングまでされてたっけなあ。

そのブラッドストーンはガーネット王子のためにハウライト王子の命を何度も狙い、最後には……ヒーローであるハウライトに殺される人だ!!

「…………これはちょっと……にゃんとか……しないと！」

ようやく最近家族の時間が増えてきたのに、彼が近づくことで、ガーネット兄様を破滅の王にされたくないない！　いや、変な目でガーネット兄様に近づかないでほしい！

あとハウライト兄様の命とかも狙わないでほしい！

よし！　ここはガツンと私がマシュマロ攻撃してやるわ！

私は一人になれる時間まで待ち、コソッと部屋を抜け出して、塔に向かう。すると、何だか怖い顔のおじさんがブラッドストーンと思われる子の腕を掴《つか》みながら顔を叩《たた》いていた！

「この愚《おろ》か者めが！　これしきのことで何も力を出せなくなるとは！　くずが！」

怖いおじさんは鞭《むち》を取り出して数回ふるう。

え、これって……虐待《ぎゃくたい》…………だよね？　ちょっぴり怖い……いや、かなり怖いけど……これは駄目だ！

私はとっさに走り、前に出た。

「こっ！　こあー！　だめ！　マシュマロこうげき！　てい！」

沢山《たくさん》あったマシュマロを怖いおじさんに投げつける。おじさんはジロッとこちらを睨《にら》んだが、私が誰だが気づいたようで先程の怖い表情から一変して笑顔で私に挨拶《あいさつ》をしてきた。

「おやおや、お会いできて光栄です。エメラルド姫様」

「お、おぢたん！　バシバシしたらこの子痛いよ!?」

「い、いや、これはしつけでしてね」

「にゃら、あたちもおぢたんを、しちゅけするから！　マシュマロこうげき！　はっしん！　てぃ‼」

再びマシュマロをおじさんに投げつける。おじさんは少し困った顔をしているけど、虐待《ぎゃくたい》だからね！　許せないよ！

「わ、私の義理の息子ブラッドを気に入ったようですな。ブラッド、今日はもういい。姫様の相手をしてやれ」

「かしこまりました」

おじさんはそそくさと立ち去り、ブラッドストーンがくるりと私のほうへ振り向く。傷だらけの包帯姿が生々しい。

痛そうだよ……泣くかな？　泣いちゃうよね。手当てしたほうが良いかなあ。

「ふぅ。お前さ、凄《すご》いな」

「へ？」

「あの阿呆《あほう》にマシュマロって！」

彼はお腹《なか》を押さえて笑い出した。

えーと、原作のブラッドストーンってクールで忠実な感じなのだけど……今笑っている彼は普通の少年だ。兄様達より一つ下だった気がする？

「あ、姫様なんだっけ。失礼……助けていただきありがとうございます」

そして急にかしこまり、私の手の甲にチュッとキスをしてお礼をするブラッドストーン。

こやつも、やはり美形キャラ故《ゆえ》、女子に人気なんだよなあ……。まだ小さいから今のうちから仲良くすれば、闇の力に魅了されず真っ当な子になるかも！

「あたち……エメラルド！　あとね、エメの前でけいごいらないよー」

私がそう言うと、キョトンとしたブラッドストーンはすぐに笑ってくれた。

「ははっ、了解！　俺のことはブラッドって呼んでくれな」

「あいっ！　とりあえずマシュマロたべゆ？」

何はともあれ、悪役配下であるブラッドと、とりあえずお友達になりました!!

「――エメ、お前この本も全部読んだのか？」

「うん！　おちゅちゅめあるよーこんどかすねー」

「お、助かる。ありがとな」

あの日以来、原作では悪役配下であるブラッドストーン・モリオンとよく会うようになった。

あの意地悪な義理の父親であるモリオン家当主からの虐待《ぎゃくたい》をなるべく避けたいし、真っ当な少年になってほしいからね！　いい子みたいだし！

「エメラルド……？」

二人で遊んでいるところに声をかけられ、振り向くと、ハウライト兄様が立っている。

ハウライト兄様はチラッとブラッドを見て笑顔になった。

「……君は誰かな」

え、何だろ？　ハウライト兄様、目が笑っていない気がする。

あ、あれかい⁉　ヒーローは将来の自分の敵だと察したのかな⁉　まだ悪役じゃないよ⁉　ハウライト兄様！　だ、駄目よ！　殺しちゃ！

更に少し離れている先にはガーネット兄様が歩いていて、こちらに気づき、向かってきた！

え？　向かってきた⁉　ハウライト兄様とあまり顔を合わせたくないとか昨日言っていたのに。

「ハッ‼」

私は思わずブラッドを見る。

ガーネット兄様と出会ったらあれかな⁉　ガーネット兄様の魅力に気づいてしまい、《ガーネット王子に忠誠を》とかなんとか、配下になろうとするのでは……？

ヤバイ！　汗ダラダラになってきた。二人共、悪の道へ走らないよう、もう寝ている隙にお口にマシュマロを入れようかな。

「これは国の若き栄光、ガーネット王子とハウライト王子。初めてお会いいたします。〝私〟はブラッドストーン・モリオンです」

「へ……？」

ブラッド君よ、君は二重人格か何かかい？　なんちゅー切り替えの早さよ？

ボケーとしている私をブラッドがクスッと笑う。

なんと言うか……八歳、九歳は基本まだ虫を追いかけて鼻水を垂らし、ひゃほーい！のはずなのに……。今目の前にいる少年達は何者よ！　しかも美形ショタ三人衆だわ！

「…………モリオン家……あぁ……あの狸親父《たぬきおやじ》のとこか」

「なるほどね、僕もモリオン家のことは聞いてるけど」

悪い顔をしているガーネット兄様と、笑顔のハウライト兄様。いやだから目が笑ってないよ。そう思うのは私だけかな……この状況、心臓に悪い！　駄目だ、マシュマロ食べて落ち着こう。いや、胃がもたれてきたかも。食べすぎかな。

「……お前は私達に忠誠心があるのか」

「っぷはっ!! ゲホゲホ!!」

私はガーネット兄様が原作の台詞《せりふ》を言っていることに驚いてしまい、マシュマロを喉《のど》に詰《つ》まらせる。咳《せき》こんでいると、ハウライト兄様が「エメラルド大丈夫かい?」と背中をさすってくれた。

ありがとーハウライト兄様よ。それにしても、うぉーい! ガーネット兄様よ! ブラッドに、そ、それ聞くの⁉ 悪の道には走らないでよ⁉

ガーネット兄様とブラッドは見つめ合っちゃってるうぅぅ⁉ まだ二人が会うのは当分先だったのに、どうなるの⁉ 対策を、対策を立てねば!! 仲良し作戦を!! み、み、みんな、落ち着こう!

「……忠誠心……ですか」

「そうだ。お前はモリオン家の者だろう。我ら王家に対する忠誠心はあるのかを聞いている」

ブラッドはチラッと私を見てクスッと笑った。

どうして笑ったの⁉ なんとかしてみんな仲良く! 仲良くせねばならない!

「そうですね。あえて言うならば、小さなお姫様への忠誠心はありますよ。お守りしたいと思っています」

「………………ふん、胡散《うさん》臭い奴だな」

「おそばにいても？」

「ブラッド君だっけ、君まだ僕達ほど力が強くないよね？　エメラルドのそばにいて良いのは彼女を守れる強い者じゃないとー」

「あいっ！　よち！　みんな！　しゅーごー！　エメのとこにしゅーごー！」

「「「…………………」」」

私が手招きすると、三人の少年は黙ってこちらへ集まった。

へへ、ガーネット兄様は何やかんや言って、私のわがままにも付き合ってくれる優しいお兄ちゃんなんだよ！

これはね、兄弟仲良し作戦でもあるし、悪の道には走らず、ヒーローとも仲良く！　みんな仲良く作戦よ！

「エメとままごとしましょ！　そうちましょ！」

「…………では、私はしつれ――」

「ガーネ兄たまは、エメとままごとちらい？」

はい！　逃がさんよ！　ガーネット兄様よ！

私はニッコリ微笑《ほほえ》んで、みんな仲良く遊ぼうと宣言する。

どうにかままごとを始め、無事、少しは親睦《しんぼく》を深められたかな？

ガーネット兄様はずっと固まっていた。一応台詞《せりふ》が少ない役にしたんだけどなあ。


——その頃、少し遠く離れていたところでピーター国王は、ままごとをしている子供達の様子をジッと見ていた。

そばにいたレピドライトがそんな国王の様子を見て呆《あき》れる。

「おや、何羨《うらや》ましそうにしてるんですか！　仕事してください、仕事を！」

そうつっこんでたのは、誰も知らない。


✿お披露目パーティーで家族仲良しアピール！


今日のお城は何だか慌ただしかった。

私はまだ眠い。どうしようもなく眠い。

ふふふ、大好きなマシュマロのベッドにマシュマロだらけの素敵な夢……。あぁ、マシュマロよ、どうしてマシュマロなんだい？

「さあさあさあ！　エメラルド姫様！　今日はお忙しいですよ！」

突然、誰かがベッドの布団をガバッと持ち、半分寝ていた私を起こした。

「ふぁ⁉　なんで？　エメはね、マシュマロの夢みてたのに！」

クスクス笑うメイド達と乳母のアンは何故《なぜ》かハリきっている。

「今日はエメラルド姫様のお披露目パーティーですよ」

周りを見渡すと、メイド達は準備でパタパタと忙しそうにしていた。

お披露目パーティーかあ。あれ、公《おおやけ》の場って初めてじゃないかな？

「さあ！　まずはお風呂に行って身を清め、おめかしですわ！」

「ドレスの靴はどこ⁉」

「ティアラは⁉」

「あぁ！　もう！　薔薇《ばら》の飾りが見つからないわよっ⁉　あとクリームも！　早く持ってきてえええ！」

……………女の子ってオシャレする生き物だっていうのは私にもわかるわ。でも、ここは今、戦場のよう。

「アン、あたち……マシュマロたべ――」

「今日の主人公はエメラルド姫様ですからね！　ふふ、良い殿方と出会えるかもしれませんわ」

「えと、マシュマロ……」

「エメラルド姫様にはまだ婚約者など早いですわ」

「でも男の子より女の子のほうが婚約者を早く決めるのがこの国の習わしだし。やはり候補としては宰相のレピドライト・ペリドット様のお子様でしょうか。とても優秀なご子息らしいわ。ハウライト王子様のご友人でもありますから、婚約者として申し分ないわ！」

「エメね、マシュマロ……」

「ふふ、でも王子様達が許さなそうよね。あ、姫様動かないでください」

「……エメ、マシュマロ……」

「あら、私はモリオン家のご養子が気になりますわ。モリオン家は家柄もよし！　なんでもハウライト王子やガーネット王子並に優れた魔力をお持ちで見た目も可愛らしく、将来が期待できますわね！　最近、姫様とよくご一緒におられますし、お似合いですもの！」

　そんなことよりマーシューマーロォォォォォォォォォ‼

数時間の地獄を、私はなんとか耐えた。メイド達がキラキラした眼差《まなざ》しで褒《ほ》めてくれる。

いや、みんな褒《ほ》めすぎよ。

「エメラルド姫様、可愛らしい！」

「天使だわ！」

「最高ですわ！　みんなメロメロで間違いなしです！」

褒《ほ》めてくれるなら、マシュマロ一つで良いから食べさせてほしいよ。

チラッと全身鏡を見るとそこには、可愛らしい白いレースのドレスとピンクの薔薇《ばら》の飾りリボンを身につけている薄い茶色の髪の毛で白い肌の……私ね！

私はモブ以下だから、あんまり目立つ顔立ちではないと思うけどなあー。パパ似でないことは確かだね。

それにしてもドレス凄《すご》いなあ。日本なら、コスプレだと言われそう。でも、へへ、今は子供だし結構似合ってるかもしれないわね！

「さあ、姫様準備が整いましたよ。国王様と王子様達が待っておりますわ」

そう言ってつれていかれたパーティーホール前の大きな扉前に、パパとガーネット兄様、ハウライト兄様が待ってくれていた。周りにいた騎士達はパパ達が並んで待っていることに驚きを隠せていないみたい。

「パパ！　ガーネ兄たま！　ハウアイト兄たま！」

ドレス姿の私を見たパパは、少し笑顔になりただ黙ってコクンと頷《うなず》いてくれる。ハウライト兄様は頬《ほお》を赤らめ、まるで自分のことのように嬉しそうにしていた。

「エメラルド凄《すご》い可愛いよっ！　天使さんだね」

いや、天使は貴方よ！　何その可愛い笑顔は！

ガーネット兄様も頬《ほお》を赤らめながら私の頭を撫《な》でてくれた。

似合ってるよーって褒《ほ》めてくれてるのかな？

「へへ、エメ、おめかし！」

「エメラルド姫様は今日も可愛らしいです。その可愛い姿を、みんなに見せる日ですよ。何だかお嫁さんみたいですねえ」

「レピさん、ありあとー！　エメおよめさんだねー！」

何故《なぜ》か固まるパパと兄様達。

パパは真剣な顔でレピさんの肩を掴《つか》んだ。

「……………エメラルド、お嫁さんとはどういうことだ」

「何動揺してるんですか。私はレピドライトです。貴方、馬鹿ですか」

ハウライト兄様は遠い目で窓の外を眺めながら、何やらブツブツと語っている。

「エメラルドがお嫁さんかぁ……その相手、命がいくつあっても足りないかもね」

ガーネット兄様は何故《なぜ》かムスッとしているし……急に冷たい空気になってるのは気のせいかな？

そんなことより、今回は、公《おおやけ》の場で私達仲良しアピールできるチャンスじゃない!?

兄様達に互いの対抗心を煽《あお》るような変なこと言わないでほしいしね！　よし！　今日のミッションはみんなに家族仲良しアピールよ！

パパは何故《なぜ》か急に私を抱っこして、扉の前に立つ。そして、右側にはガーネット兄様、左側にはハウライト兄様が並んだ。

みんなギュウギュウに近いのは気のせいかな？

大きな扉が開いた瞬間、キラキラと輝くシャンデリア。綺麗な音が流れる会場には、ご馳走《ちそう》が沢山《たくさん》並んでいた。

ホールにいた貴族の人達の視線が一気に私達のほうへ向く。

……うっ……何だろう緊張してきた。今日マシュマロ食べてないから余計かも……！

「…………堂々としていろ」

「あ、あいっ！　パパ」

ガヤガヤと騒ぎだすホール内。みんなパパ達を見ている！　流石《さすが》だね！

「まあ……可愛らしい姫様だわ」

「王子達が一緒に公式の場で登場しているぞ……いつもバラバラなのに……」

落ち着くと、みんなの話していることが聞こえてくる。

私達四人は長い階段を下りてホールにたどり着く。ブラッドを見かけた私は、彼に手を振った。

「まあ！　私達に手を振ったわよ！」

「僕に振ったんだよ！」

「いや、俺だろう！」

勘違いする人もいる中、私はニコニコと一生懸命手を振り続ける。ブラッドは少し呆《あき》れながらも、小さく手を振り返してくれた。

「……背後にいる猛獣三人の視線が痛いっつーの……」

そんなブラッドの呟《つぶや》きは、勿論《もちろん》、私には聞こえなかった。

しばらくすると、音楽が流れてみんながダンスを踊り出す。

アンに聞いたけど、お披露目では異性の子と仲良く踊るらしい。でも、私には家族仲良し作戦が一番大事だもの！

「パパ！　ガーネ兄たま！　ハウアイト兄たま！　お手手ちゅなご！」

私は兄様達の手を握り、パパにはガーネット兄様とハウライト兄様の手を握ってとお願いした。

「へへ、エメのはじめてのダンス相手はパパとガーネ兄たまとハウアイト兄たまだねえ！」

「「「…………」」」

パパとガーネット兄様は相変わらず無表情のままかと思いきや、時々笑ってくれた。ハウライト兄様はパパと手を繋ぐのを恥ずかしそうにしていたものの、喜んでくれているみたい！　くるくると四人で仲良くダンスをしてみんなに拍手されて気持ち良かったし、仲良しアピールできたよね！

こうして私のお披露目パーティーは無事終了しました！

——後日、レピドライトが何やら沢山《たくさん》ある手紙をピーター国王に渡した。

「ピーター国王、ご覧ください！　先日のお披露目パーティーの効果ですかね？　姫様の愛らしいお姿に皆、虜《とりこ》になったようで、エメラルド姫様への縁談の手紙がー」

「燃やせ」

「……沢山《たくさん》きて」

「捨てろ」

「…………ガーネット王子とハウライト王子の婚約者選びは？」

「断れ」

レピドライトは深い溜《た》め息《いき》をし、「……めんどくさっ！」とボヤいたのだった。


✽兄弟喧嘩《げんか》はやめよう！


「――あら、エメラルド姫様は何を描いていらっしゃるのですか？」

「アン！　えとね、パパとね、ガーネ兄たまとハウアイト兄たま！」

今日は雨でブラッドとも遊べないので、私はお絵かきタイム中。

我ながら傑作《けっさく》だわ！　前世で漫画家になりたかった私の腕前をパパ達に見せよう！

アン達は大絶賛しているから間違いないもの！

「エメ、パパ達にお絵かきしたの見せにいく！」

アンと一緒に部屋を出て、パパの応接間へ向かっている途中、一瞬背筋がゾクッとした。

「ほほぉ……これはこれは国の若き栄光——エメラルド姫様」

そう声をかけられ振り返ると、白い服の団体さんがいる。いや、教会の人達だ。その中心人物と思われるお爺《じい》さんが私に挨拶《あいさつ》をした。

「おぢいたん、こんあちわ！」

ニコッと挨拶《あいさつ》を返すと、隣にいたアンが私に小さな声で教えてくれる。

「こちらの方はベリル・コーネルピン様ですわ」

ベリル・コーネルピン……聖教会のトップの人だ！

聖教会は《聖獣の森》を浄化したり、人々に癒《いや》しを与えたり、とにかく良いことをする教会だっけ。

確かに、白い魔法使いさんって感じだなあ。お髭《ひげ》も長いし、とんがり帽子も白い…………うん！　白いマシュマロが食べたくなってきた。

「ほほぉ、本当に可愛らしい姫様ですな。しかしまともな魔力がないのが残念ですなあ」

「だいじょーぶよ！　エメね、がんばっておべんきょーしてるから」

お？　へっぽこだと言いたいのかい？　よーし、その髭《ひげ》を三つ編みにしたら怒るかな？　お爺《じい》さんよ。

「ほほぉ……では我々の聖書ももうおわかりで？」

何だ？　絶対わからないだろ？　ぷぷ、ちびっ子よ。という目だぞ⁉　ほーん？　ちびっ子を馬鹿にすると痛い目にあうよ？

「んちょ、《我天空より降りたし者も慈悲《じひ》を忘れべなく》。皇帝聖書の二十八章くらいまでしか、エメわからないなー。あと星歴のかずと神々の神話もまだ六十五種しかちらないよー」

ポカンとするベリルさんと周りにいた若いお兄さん達。私は満面な笑みで話を続けた。

「エメね、まだまだわからないのあるけど、おぢいたん達はこれぐらいわかるよねー！」

「……こ、これは……我々は姫様を見くびっておりました。その部分は……上位の者しかわからないほど……はは。本当に可愛らしい姫様ですな」

「…………何している」

その時、団体の後ろにガーネット兄様が現れる。

え？　ブラッドも一緒にいるよ⁉　なんで⁉　ま、まさかやはり配下になりたいとかなんとか、ガーネット兄様の魅力に釣られたのかい⁉　ど、ど、どうしよう⁉

「ガーネ兄たま、ブアット！」

とりあえずガーネット兄様から離れなさい！　ブラッドよ！　どんなに兄様の魅力を感じても私という壁を乗り越えてゆけ！

私はガーネット兄様とブラッドの間に無理やり入る。ブラッドは首を傾《かし》げながら一歩下がってくれた。ブラッド、無理に間に入ってごめんよ。

ガーネット兄様は私を抱っこしながら、聖教会のベリルを睨《にら》む。そんなガーネット兄様をベリルはジーッと品定めしているような目つきで見ていた。なんか嫌な感じ！

「ほほぉ……これは若き栄光――」

「挨拶《あいさつ》などいらん。この場から消えろ」

「ほほほ、それでは失礼します。ガーネット王子様、エメラルド姫様」

そう言って、聖教会の人達は去っていった。

一体、何だったんだろう？　ガーネット兄様の顔はよく見えないけど、多分無表情かもね。

「ガーネット!!」

教会の人達とすれ違うかのように、ハウライト兄様までやってくる。

「さっきの態度は……良くないよ？　聖教会のトップの方だよ？」

「あぃ……ごめんちゃい……ハウアイト兄たま」

あの髭《ひげ》をなんとか言い負かしたかったのだよ、大人げなかったかも。

けれど、ハウライト兄様は私を見てニッコリ笑い首を横に振る。

「エメラルドのことじゃないよ。ガーネット──君だよ。あんな態度をとるのは良くないよ」

「…………ご立派な言葉だな」

「ハウライト王子、ガーネット王子は」

「ブラッド…………黙れ」

あれ、あれれ。二人もしかして喧嘩《けんか》……しそう？　なんで？　駄目だよ？　そんな睨《にら》み合《あ》うのは！　ヤバイヤバイ!!

「あ、あいっ！　ガーネ兄たま！　ハウアイト兄たま！　けんか、めっ！」

私はガーネット兄様の頬っぺたをムギューとしてから、急いで手に持っていた絵を三人に見せた。

キョトンとする兄様達とブラッド、美形ショタ三人。

「…………えっと、エメラルド姫様これはなんでしょうか」

ブラッド君よ！　わからないのかい!?

「ブアット！　これパパ！　これがガーネ兄たま！　これがハウライト兄たまよ。へへ、エメがんばってかいたの。ステキでちょ？」

仲良くしようよ！　兄弟！

ニッコリ微笑《ほほえ》むと、ガーネット兄様とハウライト兄様はお互い目を見てから溜《た》め息《いき》をつく。そして、私の頭を撫《な》でた。

二人の喧嘩《けんか》（？）は一時休戦となった。

「こんどね、エメと一緒にお絵かきしよーね」

「うん、可愛いエメラルドの頼みなら」

優しく微笑《ほほえ》むハウライト兄様に、無言でコクンと頷《うなず》くガーネット兄様。

後ろに控えているブラッドに、また今度ね！　と私は挨拶《あいさつ》をした。すると、ブラッドはコソッと頼み事をしてくる。

「……今度俺の似顔絵も描いてくれな」と耳元で囁《ささや》いた。

私はニッコリと笑う。

「あいっ！」とオッケーし、そのまま別れた。

その後仲良く一緒にパパへ絵を見せに行くと、パパはまた固まる。横にいるレピさんがそんなパパを見て笑っていた。

✿みんなで仲良くハロウィン！

「――ひっ⁉　ハ、ハウライト王子様⁉　何故《なぜ》、我々の教会に⁉」

その日。突然の《来訪者》に慌てる教会の関係者達とは反対に、聖教会トップのベリル・コーネルピンは落ち着いてハウライトに笑顔で挨拶《あいさつ》をした。

「これは国の若き栄光――ハウライト王子様。はてさて、あまり聖教会に足を運ばない貴方様がいかがなさいましたかな？」

ハウライトは可愛らしい笑顔をベリルに向け一歩一歩ゆっくりと進んでいく。

「今日、僕の可愛い妹のエメラルドがお世話になったみたいなのでご挨拶《あいさつ》に」

「ほほぉ、エメラルド姫様ですか？　あの方は幼いのに知識量がおありですな。感心いたしました。ただ魔力がないのが本当に勿体《もったい》ない、別な《使い道》がありますでしょうー」

そうベリルが言い終わる前に強い風と炎が吹き始め、部屋の壁にピシピシと亀裂ができた。そんな光景に、教会の者達は青ざめ、慌てる。

「ひぃぃぃ！　風が！　へ、部屋が崩れます！」

「ハウライト王子様！　お、お怒りを鎮《しず》めてくださいませ！　神々の前ですっ！」

そんな中、ベリルだけは落ち着いていた。ハウライトはいつものように笑顔を崩さず、ニッコリ笑いかける。

「僕は暴力で解決するのは嫌いです」

「……私もですぞ」

そうベリルが話すと、ハウライトは冷たい目となり、語りかけた。

「ですから単刀直入にこの場にいる全ての教会の者達に告げます。妹のエメラルドを傷つけるようなことをしたら……死ぬよりも苦痛な地獄を味わうことになりますよ」

再び天使のように微笑《ほほえ》み、ハウライトはその場を去る。その姿を教会の者達は冷や汗を垂らして見送った。

「ベリル様……流石《さすが》ですね。あの王子の圧に平気なのは……。九歳なのにあんな魔力……恐ろしいです！」

「ほほほ。馬鹿者！　ただ動けなかっただけだ」

手元をプルプル震わせたベリルは、亀裂ができた床を眺めながら考える。

「流石《さすが》あの王の息子じゃな……。ガーネット王子といい、ハウライト王子といい。今は不仲だと聞くが、あんな化け物二人が手を組んだら厄介《やっかい》だのう」

彼はそう呟《つぶや》いた。


「――といっくおあとりーお！　だよ！」

今日は十月三十一日！　この世界でもハロウィンが存在しちゃってます！　城下町では子供達が大はしゃぎしている。

私はかぼちゃのお化けさん！　ハウライト兄様は狼人間《おおかみにんげん》で、ガーネット兄様は嫌々ながらもシンプルな白いお化けさんの仮装をしていた！　ブラッドは包帯男！　三人共、無駄にイケメンすぎるよ。メイド達が赤くなって見つめてるもの！

私達は城の中を練り歩く。

「マシュマロくださいな！　といっくあーと！　エメぱんぷきんお化けよ！」

「あらあら、王子様も姫様も可愛らしいお化けですね。はい、お菓子ですよー」

「ブアット！　マシュマロゲットしたよ！　たべゆ？　はい！　あーん」

この喜びを友達であるブラッドに分け与えようとしたのに、彼は首を横に振った。

「お気持ちだけで充分です。………俺を地獄におとすなよ」

そう言って、コソッと断られる。その二重人格、なんとかならないのかな？

「お菓子が沢山《たくさん》で良かったね」

一方、ハウライト兄様はニッコリと嬉しそうに笑ってくれた。

マシュマロでも色々と種類があるのだ！　普通のマシュマロもあるけど、マシュマロで作ったプリンとかクッキーとか！　チョコレートがかかっているものやら！　幸せすぎる!!

「エメのマシュマロたくさん！」

はしゃぐ私に、ガーネット兄様が自分のお菓子をくれた。

「……甘い物は好きじゃない。やる」

え、ガーネット兄様天使だわ！

「ありあとー！　ガーネ兄たま！　あとは……パパのとこで最後かな！」

「…………………あの人は仕事だと思うがな」

ポソッと呟《つぶや》くガーネット兄様。

やっぱりまだパパが嫌い、なのかなあ……？　ガーネット兄様がパパを殺しちゃう将来は止めたいなあ。家族仲良く頑張らなきゃ！

私達はパパの応接間のドアをバンと開く。

「といっくおあとぃーとぉおぉ！」

と大きな声を出すと、パパとレピさんが待っていた。

「……菓子をやろう……」

……うん。頭にツノの被《かぶ》りものをしている姿のパパに、ガーネット兄様もハウライト兄様もブラッドも固まる。

「ぷぷっ、パパのおすがた、エメびっくりよ！」

「これは吸血鬼の衣装ですよ。私が着替えたほうが良いとおすすめさせていただきましたが、あまり普段と変わりなく、つまらなかったですね。フランケンとかあたりが良かったかもしれないです」

おー！　レピさんはこういう行事好きなんだね！　でもパパのその衣装、吸血鬼というより、ただの鹿《しか》のツノだね！

パパは私達のもとまで自ら来て、一人一人にお菓子をくれる。

ガーネット兄様はまだフリーズ中でブラッドは怖がり、ハウライト兄様は笑いを堪《こら》えていた。

「…………ハロウィンは…………楽しいか？」

そうパパが無表情のまま聞いてくる。答えは勿論《もちろん》！

「たのちーよ！　はろうぃん!!　みんなではろうぃんはステキよ！」

私はニッコリと笑った。

——その後、マシュマロを沢山《たくさん》貰《もら》ったのに、アンに没収される。

「虫歯ができるので少し没収です！」

夜中に没収されたマシュマロを見つけようとしたけど、見つからなかった……

でも、楽しかったからいっか!!

✽レピさんの息子登場だよ！

「ブアット、そのさ、にじゅうじんちゃく、ちゅかれないの？」

ある日。そう聞いた私に、本を読みながらブラッドが答えた。

「別に俺は疲れないよ？　まあ、大人には色々あるんだよ」

ドヤ顔しているけど、君はまだ八歳の少年なのに何を言っているのだ。

「あ！　ねえねえ、そういえば今日は向こうのお庭でね、ちょうちょさんが沢山《たくさん》いたよ！」

「もうじき冬なのに珍しいな、見に行くか！」

「あいっ！」

私はブラッドと南にある王宮の庭先へ向かった。沢山《たくさん》の花が咲いていて綺麗だ。

ブラッドが感心しながら庭を眺める。

「なるほどなー。魔力がかけてあるからなんだな」

王宮の庭には所々魔力がかかり、年中お花が咲いているそうだ。

なるほど！　私もそれくらいの魔力あれば沢山《たくさん》お花を咲かせたい。けど、何せへっぽこだしなあ。

しみじみ考えているうちに、ブラッドは黙々と何か作っていた。

「ほい、できた」

フワッと私の頭にそれをのせる。可愛い花の冠《かんむり》だ。

「かあいー！　ブアットありあとー！」

「おう、どういたしまして」

ブラッドがニコッと笑う。私もブラッドにお花の冠《かんむり》を作ろうとした時、何故《なぜ》か彼が顔をひきつらせた。

「随分《ずいぶん》仲良くしているようだね。ブラッド君」

振り返ると、ハウライト兄様だ！　ブラッドは即座にモードを切り替え、挨拶《あいさつ》する。

あれ？　ハウライト兄様の隣にいるのは……何だかはじめましてじゃない気がする。

「はじめまして。若き国の栄光――エメラルド姫様」

緑色の髪を一本に束ね眼鏡をかけている綺麗な子。

緑色の髪で眼鏡……えーと……ハッ!!　誰かに似てる。

「レピさんがちっさくなった⁉」

「いえ、違います。ユーディアライト・ペリドットです。いつも父や友人のハウライトから姫様のお話を伺っております」

ペリドット……って宰相レピドライト・ペリドット！　レピさんの息子さん⁉

うわあー何だろ。すっごい似てる！　レピさんが小さい頃はこんな感じだったかもね！　あっ、そういえば、ユーディアライトも小説にちらほらと出てきてるキャラクターなんだよねえ！

男主人公《ヒーロー》ハウライトの親友であり、悪の王となったガーネットを倒すため、城の内部情報などをハウライトに教えたり、ピンチになった時に助けてくれたりする頭脳明晰《めいせき》のユーディアライトだ！　ハウライトを王にするべきだと考える彼が既《すで》にハウライト兄様と友人ということは……あぁあ……！　どうしよう⁉　彼はハウライト兄様を王にしようと、あの手この手をもう考えているのかも！

ハウライト兄様はクスクス笑いながら、友人のユーディアライトと話をしている。

「あはは、やっぱりレピドライトに似ているって言われるね」

ハウライト兄様がそう言った瞬間、ユーディアライトはキッと拳《こぶし》を握りしめて否定した。

「いーや！　似てないですね!!　僕をあんなチャランポランな父上と一緒にしないでくれます⁉」

ありゃ、レピさんに似ているは禁句なのかな？　凄《すご》い嫌がってる。でも、似てるよ。

「あの人はいつも人をからかうんです！　僕は将来立派な宰相になり、絶対、父上みたいにはならないと決めてます」

「んちょ、レピさんがちらい？」

「あまりというか………嫌いですね」

眼鏡をくいっとする仕草も……。うん、似ているけど言わないでおこう。

「はあ、僕は早くハウライトが王になってほしいよ」

うああい！　さっそく、物騒なことを言っているユーディアライト。

「にゃ、な、にゃにゃんで、ハウアイト兄たまなのー？」

「そうですね、まずは……顔！」

へ？　顔？

「あぁ……ちょうどいいところにガーネット王子」

え⁉　いや何⁉　ガーネット兄様⁉

振り返ると、不機嫌な顔でガーネット兄様が仁王立《におうだ》ちしていた。そんなガーネット兄様をからかうように招きハウライト兄様と並べさせて、眼鏡をくいっとしながら真剣な顔でユーディアライトが語る。

「顔……まあ、ガーネット王子も綺麗な顔立ちだけど問題点がある！　それはこの無表情‼」

「…………………」

「……ぶはっ！」

ブラッドは笑いを堪《こら》え、ガーネット兄様は殺気立ち、ハウライト兄様は少し困っていた。

「…………私が王に向いていないと貴様は言っているのだな」

「誰も向いていないとは言ってないと、あれほど言いましたよね？　ガーネット王子は今の国王に本当そっくりですよー？　その無表情をなんとかすれば隠れたカリスマ性を発揮すると。ニコニコーッてすればいいのに。猫耳でも貸します？　まあーハウライトも笑顔を振りまいていますが正直笑ってはいませんし、腹黒いから……ん？　あれ？　どっちもどっちかぁ。ぷぷっ、この国は大丈夫ですかね」

何だろう……やっぱりレピさんに似ている気がするよ。そして、ハウライト兄様も何故《なぜ》黙って笑っているの？　なんか怖いよ⁉

ただ……ユーディアライトはワザと二人を煽《あお》った気がする。一瞬、二人を見守るような眼差《まなざ》しをしたもん……

いや、でも、な、何か別な話題を！

「えと！　でもでも、レピさんは立派な人だもんね！」

私が振ると、ユーディアライトは自信満々に語り始めた。

「父上のようにはなりたくありませんが、僕は立派な宰相になります。そしていつかあの父上をギャフンと言わせるのが夢ですね！」

「──ぎゃふん」

そんな言葉が聞こえ、私達は突然現れたレピさんとパパにビックリした。

「あ！　パパ！　レピさん！」

「珍しいメンバーの集まりかと思いまして」

ニッコリ微笑《ほほえ》んだレピさんは、ユーディアライトを愛しそうに見て肩をポンと叩《たた》いて話しかける。けれど、息子であるユーディアライトは固まっていた。

「ユーディアライト、可愛い息子の頼みです。何度でも言いましょう。ほら、ぎゃふんぎゃふんぎゃふんぎゃふんぎゃふんぎゃふんぎゃふんー」

「そ、そーゆー人を小馬鹿にした態度が気に食わないんですよ！」

いや、君もさっき似たようなことをしていたぞと皆、彼を見る。

「さて、私達はまだ仕事中ですので仲良く遊んでくださいね」

レピさんは手を振り、パパは無言で私とガーネット兄様、ハウライト兄様の頭をちょんと撫《な》でた。そして、レピさんと一緒に去っていく。

「まったく！　あーゆー無神経な大人にはなりたくないものですね」

「え、お前がそれ言うの？」と、ブラッドは素で口に出しちゃってるね！

レピさんに色々言っているのは、彼がガーネット兄様の敵側になるほうのキャラクターで警戒しちゃうせい？

それはともかく、嫌だと言いつつ頬《ほお》を赤らめキラキラとした眼差《まなざ》しでレピさんの背中を見つめるユーディアライトの姿を見て私は思った。

「ユー君は……レピさん、だいしゅきなんだねー！」

「えっ！　ユー君……」

「エメもね！　パパだいしゅき！　ガーネット兄たまもハウアイト兄たまも！　かぞくすきはいっしょだね！」

ユーディアライト――ユー君は何故《なぜ》か顔を赤くしながらハウライトの肩をポンと叩《たた》く。

「……ねえエメラルド姫様って天使？」

「うん、君にはあげないよ」

ずっと殺気立ち苛々《いらいら》しているガーネット兄様と笑顔のハウライト兄様二人を、ユー君はからかい始めた。

「俺、あの二人の王子をからかう宰相の息子なんて、大物になりそうな気がする」

そうブラッドが呟《つぶや》く。

うん、私もそう思います！

その後、本当に、喧嘩《けんか》しそうだったので、私がみんなにお花の冠《かんむり》を作ってあげました！

ガーネット兄様もちょっぴり喜んでくれたみたいで良かった！

すると突然、ユー君が言う。

「エメラルド姫様ありがとうございます」

「え？　にゃにが？」

「ガーネット王子とハウライトが今こうしてこの場に一緒にいるのは、奇跡に近いですからね」

あぁ……。そっか。

彼はただ、心配していたのかな？　ハウライト兄様だけでなく、ガーネット兄様のことも。……悪い子ではないみたいだし、これから先ガーネット兄様とも仲良くしてくれそうだね。

「へへ、なかよしこよしだいじだもんね！」

「……えぇ、そうですね！」

そうして、五人で楽しく過ごした。

✽てるてる坊主を作ろう

「あめ、あめ、ふれ、ふれ、ちゃっぷちゃぷ、らんらんらあああめん！」

このところ毎日毎日雨ばっかりで嫌になる！　ジメジメしたこの湿気で私の髪がうねりだすんだもん⁉

癖っ毛なのかなあー。いつもふわふわゆる巻きなのが、雨になると酷《ひど》い……乙女の悩みだわ！

しかーし！　そんなことより、私には大事なことがある！　家族仲良し作戦よ！

「ふっふっ！　これあ、ぜったいみんなたのしめりゅはず！」

私は急いで白い布を沢山《たくさん》持ち、パパ達のところへ向かった。

「パパ！　エメと、てうてうぼうずつくろ！」

ちょうどある程度の仕事が終わったところを見計らって来ちゃいました！

パパは相変わらず無表情だけど、私が来たらすぐ抱っこしてくれるようになったのが凄《すご》く嬉しいよ！

「雨の日が続いても太陽のようなエメラルド姫様ですね」

「レピさんもきれーよ？　ポカポカ！」

イケメン万歳だしね！

パパはジッと私を見て小さな声で話す。

「………てうてうぼうずとはなんだ」

「私も聞いたことありませんね」

え？　二人共てるてる坊主知らないの⁉　アンも知らない感じだ！

「あのね！　お天気よくなーれ！　ってお願いするの！　白くてまるまるしたのちゅくってね、お願いするの！」

「「？・？・？・？・」」

えー！　知らないのか！　よし、こうなったら私が作ったてるてる坊主を見せてあげよう！

私はポケットにしまっていたてるてる坊主を一つ出してパパとレピさんに見せた。レピさんが何やら関心を示す。

「どうやら、まじないの一種ですかね？・」

「エメね！　雨はちらいだから、はやく晴れてーってお願いすりゅの！」

パパは私のてるてる坊主を手にとった。

「……………では私も作るとしよう……」

「エメね！　沢山《たくさん》ぬによ、もってきたよ！」

パパと真剣にてるてる坊主を作っているところに、ちょうどガーネット兄様とブラッドも来る。

いや、なんで最近二人一緒よ？　私のお友達というより、既《すで》に配下……⁉　違うよね！　ブラッドよ⁉

私の心配をよそに、ブラッドはこちらの視線に気づいてニコッと笑った。うん、その笑顔は可愛いけど、悪いこと考えてないよね⁉

一方、一生懸命てるてる坊主を作るパパに、ガーネット兄様は怪訝《けげん》な顔になり一歩引く。そんなパパをレピさんが笑っている。

よし！

「ガーネ兄たま！　ブアット！　てうてうぼうず！」

ということで二人にも参加してもらいました！

ガーネット兄様は「…………何故《なぜ》こんなことを……」とぶつぶつ文句を言いつつ、可愛い……うん、ちょっぴりヘンテコなてるてる坊主を作る。

パパのてるてる坊主は……あれてるてる坊主……かな？

そこへ、新しく二人の人物がやってくる。

「エメラルド」

「エメラルド姫様」

「ハウアイト兄たま！　ユー君！」

私を捜していたみたいな二人にも、てるてる坊主を作ってもらった。

ハウライト兄様のてるてる坊主……何これ！　完璧すぎるよ。ピシーッとしてるよ！

「へえ……雨を止めてくれる妖精さんにお願い事か。エメラルドは本当に可愛いこと考えるね」

いや、ハウライト兄様が可愛いです！　その笑顔が眩《まぶ》しい！　パパとガーネット兄様は……二人共、黙々と作ったのを窓際に飾っている。私やみんなも自分が作ったてるてる坊主を窓際に飾り、晴れることを祈った。

「…………こんなことをして何になる」

「ガーネ兄たま！　おてんきよかったらね、エメうれしいよ！　だってパパと兄たま達とお散歩できそうでしょ！」

ギュッと手を握ると、ガーネット兄様はほんの少し笑う。

「あめ、あめ、ふれ、ふれ、ちゃっぷちゃぷ、らんらんらあああめん！　あーしたてんちになあああれ！」

「……その歌なんですか？」

レピさん達が笑いを堪《こら》えながら聞いてくるので歌だよーと教えてあげた。

やっぱり天気が良い晴れが一番だしね！　あれ　でもこの歌は雨を降れと歌って……

うん、ま、いっか‼

――エメラルドがてるてる坊主を作ったことにより、城中に沢山《たくさん》のてるてる坊主が飾られた。

あくる日。見事に長い雨が晴れ、これはてるてる坊主のおかげか！　と城下町でも流行《はや》る。この国では雨が降ったらてるてる坊主を作るという風習ができた。

そんな風習を作り雨をやませた姫エメラルドを皆が《聖女》ではないかと囁《ささや》き、彼女を慕い始めたことはエメラルド本人は知らない。

「――てうてう坊主で家族仲良し！」

✽アンの子守唄

長い梅雨《つゆ》が終わり、寒い季節があっという間にやってきた。

城の周りや城下町が真っ白な雪だらけになる。

転生したと気づき数ヶ月経ったけれど、やっぱりまだまだぎこちない我が家族……。

特にガーネット兄様は、パパとハウライト兄様に対する態度が本当に冷たい。時々パパに頭を撫《な》でられると、ほんの少しだけ嬉しそうに見えるんだけどなあー。

原作小説では異母兄弟であるガーネットとハウライトは常に光と影のようで、考えも何もかも正反対……聖女のヒロインは、ただ彼らを見守ることしかできなかった。

そもそも兄弟の仲が良くない原因って……。

私は自分を膝の上に乗せて仕事をしているパパをジーッと見つめる。

「…………どうした。菓子が欲しくなったか」

「……えへへ、エメお菓子だいしゅき！」

パパに聞きにくいよねぇー！　そうよねぇー！　とりあえずマシュマロ食べて落ち着こう。

「あら、エメラルド姫様！　もうお菓子は駄目ですよ。国王様もあまり甘やかさないでくださいませ。さあ歯磨きをして、お昼寝の時間です」

「あ、あいっ！」

アンが私を抱っこして部屋を出る。

——エメラルドが去った後。ピーター国王はさっきまで自分の膝の上にいた娘の不在に落ち込んでいた。そんなピーター国王の近くにいたレピドライトが呆《あき》れた顔で大量の書類を渡す。

「そんな宝物を奪われたような目でドアを見つめても何もないのでさっさと仕事してく

ださい」

そう国王にツッコんだ。

夢の中ではマシュマロが沢山《たくさん》あって、綺麗なお花もいっぱいあって、私はふわふわと空を飛んでいた。隣にはパパやガーネット兄様、ハウライト兄様が一緒にいてみんな笑い合ってる。下のほうで誰かが手を振っていた。金髪の綺麗な女性。顔は見えない。でも何だか懐《なつ》かしいような……。あぁ……駄目だ。見えない……ハッ‼

「マ、マシュマロはお空にとばあいもん！」

覚める前に、マシュマロをせめて一口食べれば良かった！

「………のど、かあいた」

お水が欲しくて、私はアンやメイドをキョロキョロと捜す。だが、何やら隣の部屋で仕事をしているみたいなので、自分で部屋を出た。

少し歩いていると何だか薔薇《ばら》のいい香りがする部屋の前に着く。

重厚感のある立派な扉。それに何だか良い香りがする。

「誰もちゅかってないみたい？」

そっと扉を開けてみると、薔薇《ばら》の花が沢山《たくさん》飾られた、華やかで綺麗な部屋だった。

何だろう……ここはまるで……

キィと誰かが部屋に入ってきて、私は慌ててベッドの下に隠れた。

いや、どうして隠れてしまったんだろう。チラッと上を見上げると薔薇《ばら》の花束を持ったパパがいる。

何だ！　パパじゃん！　ん？　少し寂《さび》しそうな顔してる？　仕事疲れかな？　あー、ビックリした！　よしここは驚かせよー！

そうっと動こうとした時、また誰かが部屋へ入ってきた。

「何故《なぜ》この部屋に来てるんですか………」

そこで私はピタッと動きを止める。ドアの前にいたのは、薔薇《ばら》の花束を持ったガーネット兄様だった。

「…………今日が……命日だったな」

「……は？」

パパがそう話すと、ガーネット兄様の瞳に怒りがこもる。ギュッと拳《こぶし》を握り睨《にら》むガーネット兄様を、パパはただ黙って見つめていた。

「………貴方が………見殺しに……しただけでしょう！　母上を！　何もしてくれなかった！　それを今更……っ！　出ていけ！　この部屋から!!」

「……ガーネット私は……」

「苛々《いらいら》する！　嫌いだ！　みんな嫌いだ！　何も知らないでのうのうと過ごすハウライトも！　誰も助けてくれなかった、この国も！　父上も！　お前なんて……っ……王など名乗るな‼」

いつも無表情で冷静なガーネット兄様が感情剥《む》き出《だ》しにし、しかもあんなに大きな声を出す姿は初めて見る。

いや、待って何この空気……小説には、こんな空気の重い場面はなかったよね？

ガーネット兄様は部屋から出ていって、パパも数分後部屋を出た。

「んちょ……」

誰もいなくなったことを確認し、私はベッドの下から出る。

「これあ、思ってたより……」

仲良しからは遠い、よね？

私はガーネット兄様が気になり、追いかけた。すぐにボーッと薔薇《ばら》の庭園を見つめているガーネット兄様を見つけて、思わず強く袖を引っ張ってしまう。

「……ガッ、ガーネ兄たま！」

声をかけると、いつもの無表情気味のガーネット兄様はジッと私を見て頭を撫《な》でてくれた。

「えとね、エメ、おひるねしてた！」

私を抱っこして赤い薔薇《ばら》を指さし、尋ねる。

「……………薔薇《ばら》は好きか」

「エメ、バラだいすきよ！　きえいだもんね！」

「……………そうか」

「……………エメ、ガーネ兄たま……もっとすきよ」

「……………………そうか……」

私はただの妹で、聖女ではなく、ヒロインでもないから、ガーネット兄様の気持ち、全部は救えないかもしれない。

だけどね、私はガーネット兄様の味方でいるから、パパやハウライト兄様と仲良しに……なれるといいよね。

私はギュッとガーネット兄様に抱きつく。

ただ黙って、私達は一緒に赤くて綺麗な薔薇《ばら》を眺めていた。

部屋に戻り、私は再びベッドに入った。

思っていたより仲良しがほど遠い。色々とモヤモヤして眠れないかも。

「ねえー、アン……ひさびちゃに……おねむ歌うたってー？」

「あら、エメラルド姫様。今日は甘えんぼうさんですね？」

「へへ、エメ、アンのおねむ歌しゅきなの」

アンが優しい声で子守唄を歌い始める。

《♪ねんねころり、ねんころり、今日もお日様バイバイ、また明日。お星様はキラキラな笑顔でおやすみよ、お日様お日様バイバイ。ねんねころりねんころり、みんな笑顔でまた明日♪》

うん、アンの子守唄はやっぱりいいね。とても優しい声で好きだなあ。

ようやく眠たくなってきた。

明日は雪がもっと積もっていたらみんなで遊びたいな！

「——ゆきだんご、うってまーしゅ！　やおやでーす！」

次の日。朝起きると、沢山《たくさん》の雪が積もっていた。雪だるまを作ったり、雪だんごを作ったりしようと、私はガーネット兄様、ハウライト兄様、ブラッドとユー君も誘う。

ガーネット兄様は来てくれたものの、ベンチに座って本を読んでいるだけ。でも、正直ガーネット兄様は来てくれるかドキドキした！　来てくれてるだけで嬉しいもんね！　嫌われていたらどうしようか焦《あせ》ったもん！

とにかく私にできることは、なるべくコミュニケーションをとること！　前向きにファイト！　オー！

残りの三人は全員、雪だんご作りに協力してくれた。

「なあ。エメ、これどんくらい作るんだよ？」

「たくさんだよ！　ぷぷ。ブアットのゆきだんご、ガチャガチャ」

「何、僕のエメラルドを呼び捨てしてるの？」

スッと笑顔で背後に現れるハウライト兄様に、ブラッドは爽《さわ》やかな対応をする。

「まさか呼び捨てなど……エメラルド姫様に私の雪だんごをお見せしただけです」

二人はあははは と笑顔でやりとりしていた。あれ、なんか仲良くなったっぽいかも！

ハウライト兄様はセッセッと一所懸命雪だんごを作ってくれる。

「エメラルドの頼みならいくらでも作るよ」

くぅーそんな笑顔がまた可愛いですよ！

一方、人一倍せっせと雪だんごを作っているユー君は楽しそうだった。

「これ沢山《たくさん》作って嫌がらせに父上にブチかますの面白いかもしれませんね！」

キラキラした目で話すユー君よ、イタズラっ子だなあ。

「ユー君、それはメッだよ？」

ユー君は少し真剣な顔をしてハッ！　と何かを思い出すかのようにニヤリと笑う。そんなユー君にハウライト兄様は溜《た》め息《いき》をついた。

「君、また良からぬことを考えてるよね？」

私とブラッドが首を傾《かし》げ、ユー君はガーネット兄様に声をかける。

「ガーネット王子！　雪合戦しましょう！」

ガーネット兄様の放つ不機嫌オーラを完全に無視するユー君に、ブラッドは「本当あいつすげ……」と感心していた。うん、凄《すご》いね。

「…………何故《なぜ》貴様と雪合戦などしなきゃ――」

「あれ？　逃げるんですか？　将来の王よ」

ピクンと動きを止めたガーネット兄様がユー君を睨《にら》む。

あぁ……ユー君よ、レピさんと同じ顔をしている。

何故《なぜ》、煽《あお》る!?　やめて！　私はガーネット兄様がいるだけで充分だったのにー！

私は慌ててガーネット兄様のもとへ走り、その手を握った。

「エメはね！　べちゅに、ガーネ兄たま達がいてくれうだけでー」

ガーネット兄様は私の頭を撫《な》で撫《な》でしながらユー君を睨《にら》んだ。

「………大丈夫だ。あの阿呆《あほう》を消してやる。ブラッド来い」

「え⁉　はい？　私ですか？」

巻き込まれたブラッドが渋々ガーネット兄様の後ろについた。

「ガーネット、たとえ阿呆《あほう》だとしても口にしないほうがいいよ。本人が傷ついたらどうするのさ」

「ハウライト、今のほうが結構ひどいですよ」

そう言って、ハウライト兄様の後ろにつくユー君。

あれ、この二対二の組み合わせ、嫌な予感よ。

「………ふん、お前は苛々《いらいら》する」

「僕だって君を見て苛々《いらいら》するよ」

ガーネット兄様とハウライト兄様、二人が睨《にら》み合《あ》い、ピリピリとした空気となった。

ヒーローVS.悪役キャラ達に分かれて雪合戦が始まる！　しかも……スピードが速すぎて見えないよ……兄達よ！

私は速すぎる雪合戦で目が回りそうになる。ちょうどそこに、レピさんが通りかかった。

「……おや、面白いことしてますねぇー」

「あう！　レピさん！　ガーネ兄たまとハウアイト兄たま達止まらないの！」

私がそちらに走った瞬間、レピさんがニッコリ笑う。

うん、笑った。何だかイタズラを今からします！　みたいな顔だ。

「おや。では私も交ざりましょうか」

レピさんが指先をパチンと鳴らすと同時に、ゴゴゴ………と地鳴りが始まる。

ガーネット兄様と、ハウライト兄様、ユー君とブラッドの前に大きな雪だるまが現れて、四人は固まった。

「「「「…………え⁉」」」」

そう四人が呟《つぶや》き、雪だるまがその四人めがけて倒れる。

ズドーン‼

ガーネット兄様とハウライト兄様、ユー君、ブラッドは見事に…………可愛い雪だるま状態になった！

「…………………」

「ユーディアライト……流石《さすが》は君の父だね……」

「また！　あの人はからかって！　あ、ちょっと！　父上、何、帰ろうとしてるんですか!!」

「俺は……巻き込まれ損……」

四人の雪だるま姿って何だか可愛いね！

「ぷぷっ、うふふっ、っあはは！　みんなかあいーよ！　かあいいゆきだるまさんだねー？」

そう頭を撫《な》でながら褒《ほ》めると、四人はほんの少し照れる。ガーネット兄様は私に少し微笑《ほほえ》んでくれて、ハウライト兄様はふうと溜《た》め息《いき》交じりに笑った。

「エメラルドが喜んでくれるならいいや」

ブラッドはもう帰りたいという顔をしていた。

「……疲れた……」

ユー君は既《すで》にいないレピさんに文句を言いつつ悔しがっている。

それにしてもみんな雪だるま姿がとても可愛いよ！　写真に残しておきたい！

「エメもゆきだるまさんなる！」

「「いや、それは駄目」」

と、何故《なぜ》か止められたけど、ちょっぴり笑えて可愛い雪だるまさんを見られた日でした！

✽みんなとハッピークリスマス！

さてさて町は、もうクリスマスモード全開!!

きたきたきたきたあ！　もうね！　お祭り騒ぎで賑《にぎ》やか！　お城には大きなツリーを飾って盛《も》り沢山《だくさん》！　くー！　あれかな！　マシュマロ添えローストチキンとかあるかな？　アンに聞かなくちゃ！

「くりすあすー♪　ジングベージングベーなるー♪」

「エメはクリスマス好きなんだな」

「ブアットはちらい？　エメはすきよ！」

「まあ、ご馳走《ちそう》食べれるのは嬉しいな！　しっかし……なんで俺、また雪だるま姿……」

「エメとおそろだよ！　アンにあとでおれいしなちゃね！」

私とブラッドは雪だるま衣装姿で、今夜は家族とお友達とクリスマス！

明日は国の正式なクリスマスパーティーだから普通のドレスを着るけれどね。

アンは白い妖精さんが良いとかなんとか言っていたけれど、私はどうしても雪だるま衣装が良かった。

この前の、みんなの雪だるま姿が楽しそうだったしね！

私とブラッドの顔の周りは雪だるまの被《かぶ》りもので、まっ白もこもことなっている。

「エメラルド、可愛い雪だるまドレスの姿だね！ ……ブラッド君がエメラルドとお揃《そろ》いというのが少し気に食わないけれど」

「ハウアイト兄たまはシャンタさん！ ユー君はトナカイさん！」

「トナカイは嫌だと言ったのですが……父上が面白がって……」

「ユー君、かあいいよ！ だいじょぶ！」

「……うっ……！ 姫様が可愛いですよ！」

何故《なぜ》かユー君に頭を撫《な》で撫《な》でされたハウライト兄様は、笑いながらも即座にその手を振り払っていた。

しかし……美形ショタ三人並んで見ると、癒《いや》されるなあー。みんな可愛いよ！

「エメラルドはサンタさんに何をお願いしたのかな？」

きたか！ この質問！ 前世日本ではあまりサンタの存在を信じていなかったものの、ここは聖獣やら魔力やらが実在する異世界！ いるに決まってるもん！

「エメ、シャンタさんにマシュマロたくさんお願いしたよ！」

「姫様はサンタを信じてるんですねぇー」

ユー君に子供扱いをされたけど、いやいやいや、いるよ⁉　君達、夢を見ようよ！

どうやらブラッドも信じていない……あれ？　みんな信じないの？

チラッとハウライト兄様を見ると、ニッコリ微笑《ほほえ》んでくれた。

「勿論《もちろん》、僕は信じてるよ」

「へへへ、エメと一緒だ！」

「うん一緒だね」

「は？　何言ってるんですか、さっきまで散々サンタなんていないと……もが！」

何かを察したのか、ブラッドがユー君の口を塞《ふさ》ぐ。

「なんかもー、黙って」

「ぷは！　ブラッド君！　何なんですか、本当にもー……あ！　そういえば昔、ガーネット王子がサンタは絶対いると泣いていましたね！」

「「っ⁉」」

え、それ初耳よ？　ハウライト兄様もビックリしている！　うん！　きゃわきゃわですよ！　ガーネット兄様！　まだもっと小さい時かな⁉

「ハウライトがまだこの城に来る前かと思いますがー、あぁ！　ガーネット王子！

ちょうどいいところに！」

遠くから、不機嫌な顔でユー君を睨《にら》むガーネット兄様。いつもの服装だな、ちょっぴり残念！

私はガーネット兄様に近づき、ズボンをくいくいっと引っ張った。

「エメと、ハウアイト兄たまとガーネ兄たま、三人だけなかまだね！」

笑顔でそう言うと、兄様は無言でコクンと頷《うなず》いてくれる。

兄妹三人、サンタさんを信じているなんて、いいことだよね！

「……………もう準備ができたようだな」

そこに、パパの声がしたので振り返る。パパもサンタさんの格好をしてくれていた。

「あ！　パっ……………シャンタさんのかっこう……だ！」

白い髭《ひげ》を垂らして赤い服のパパに、ユー君はお腹《なか》押さえて笑う。ブラッドはちょっぴりビックリしていて、ハウライト兄様は笑顔のまま固まり、ガーネット兄様は……うん、凄《すご》い引いているね。因《ちな》みに、パパの横にいるレピさんは大爆笑中！

「パパ！　すてきよ！」

コクンと頷《うなず》くパパよ、結構気に入っているのね。

この後、みんなでチキンやケーキ、マシュマロをいっぱい食べて楽しかった。

あとはゆっくり良い子にしてサンタさん待ちだなあ。

――ワイワイとみんなと楽しくケーキを食べているエメラルドを見つめ、ガーネットは部屋をそっと出た。

「…………」

「……ガーネット」

振り返ると、サンタの格好の国王がそこにいる。彼を少し冷めた目で見て、ガーネットは呆《あき》れた顔をした。

「……なんですか。その似合わない格好は……」

国王はガーネットと目線を合わせるように腰を下ろし、その肩をそっと触る。

「……すまなかった……お前を苦しめてしまって。だがもう私は逃げない……」

「……何を……」

「私は駄目な王でも良い、私は……言葉が足りなすぎた。昔も今も……だけど……お前達の良き父となりたい」

キッと睨《にら》みながら黙って一歩下がるガーネットを、国王は真っ直ぐ見つめる。

「……私は……ガーネット、ハウライト、エメラルド……お前達、子供達全員を愛してるぞ……」

――俯《うつむ》くガーネットの頭を撫《な》でた、そこにひょこっとエメラルドが顔を出したのだった。

「――パパー！　ガーネ兄たま？」

何暗がりで二人話してるの⁉　あれ？　また喧嘩《けんか》⁉

「えぅ、あ、あにょ、ケーチ……あまいよ？　ガーネ兄たま甘いのチラいだって言ってたから、あまいのひかえてるやつだよ？」

すると二人は部屋に戻り、無言でケーキを食べ始める。

え、何何何⁉　何の話してたの⁉　気になるよ⁉　仲良くクリスマスしよ⁉　でも……ケーキ食べてくれてるし。

そんなふうに一人で悶々《もんもん》としているところに、ユー君の驚く声が聞こえた。

「サンタだ‼」

え？　嘘《うそ》‼

私は窓へ駆け寄る。外を見ると、トナカイのソリに乗ったサンタさんが手を振っていた！

「ふぉっふぉっふぉっ！　メリークリスマス！」

キラキラと光が沢山《たくさん》降ってきて凄《すご》く綺麗！

「ま、まさか！　サンタがいたとは！」

「ユー君！　シャンタさんいたね！」

私とユー君が盛《も》り上がっている中、ブラッドが首を傾《かし》げる。

そして、ハッ！　と気づいた。

「いや…………あれって……」

隣にいたハウライト兄様がクスクス笑いながら、ブラッドに向かってシーと指を立てる。そして、周りを確認した後、ブラッドに話しかけた。

「レピドライト、今この場にいないもんね」

勿論《もちろん》、そんな会話は私には聞こえていなかった。

「あいっ！　みんな、めりーくりすあす!!」

特製マシュマロケーキ美味《おい》しかったです！

翌朝。目覚めると、沢山《たくさん》のマシュマロとマシュマロ人形がプレゼントされていた。サンタさんありがとう！

第三章　へっぽこ姫の広がる世界　隣国編

✿隣国の王子プリちゃん

スターダイオプサイト国は宝石の花と呼ばれている国。一方、そんなスターダイオプサイトと深く交流がある隣国の国、オドントクロッサム国は一年中冬なのに寒くない不思議な国である。

本日。スターダイオプサイト国の王城の中では、メイド達が頬《ほお》を赤らめながら、銀髪で深い青色の瞳の男を見つめていた。彼はメイド達の熱い視線に気づき、ウィンクをする。メイド達はキャーキャーと騒いだ。それを満足そうに見つめ、男はピーター国王へ近寄る。

「よ。久しぶりだな」

男――オドントクロッサム国王であるブバルディアは、ピーター国王とレピドライトに挨拶《あいさつ》をした。

突然やってきたブバルディアに対し、ピーター国王はお茶菓子を両手に持っている。

「………ブバルか。三週間前に会ったばかりだろう」

「あはは！　お前、相変わらず無愛想だなー！　楽しみにしてた？　あ、レピちゃん、俺にお酒ちょうだい！　いやーやっぱ三人揃《そろ》うと学生時代を思い出すな！」

「そのレピちゃん呼ばわりは非常に不愉快ですよ。因《ちな》みに、ピーター国王はさっきから突然、馬鹿な友人が来るとそわそわとお茶菓子を阿呆《あほう》みたく用意してましたよ」

ブバルディアはブハッ！　と笑って、ピーターの背中をバシバシ叩《たた》き、ソファーに座った。

「再来週、王子達の誕生日だろ？　ま、来賓として少し滞在するわな」

「………あぁ」

「ん？　どした？　なんか悩み事か？」

ピーターは頬《ほお》を赤らめ目を逸《そ》らしながらコクンと頷《うなず》く。

「………正直に………愛してると伝えたのだ。しかし……なかなか……」

「なっ！　無愛想で無口なお前が！　顔しか取り柄のないお前が!!　誰だその女！　再婚か!?」

「………いや再婚なんてしないが……」

「ちょっと待てぃ、誰のこと言ってんだよ？」

「………？　子供のことだぞ」

淡々と無表情に答えるピーターに、二人は少し溜《た》め息《いき》をついた。

「子供ねぇー。あ、前にクッキー焼いたんだっけ。な？　楽しいだろ？　俺も可愛い娘と息子達と作って絆《きずな》を深めた。まあ娘のクッキー作りの腕は母親譲りだったけどな！」

ブバルディアは笑ったものの少しだけ真剣な顔に戻り、ピーター国王が用意したお菓子を一つ手にとる。

「………俺の息子も魔力がかなり少ない」

ピーターとレピドライトはピタッと動きを止めた。静かな空気となる。

「…………そうか……」

レピドライトが真剣な表情で付け足す。

「王族で魔力がない者は……命を狙われやすいですからね」

「ちっ、魔力のない王族の心臓を手に入れると強くなるとか、根拠のないただの作り話を奴らは信じてるだけだ！　だが……あれを否定する証拠がまだ少なすぎる！　とりあえず……」

真剣な顔で話すブバルディアに、二人は首を傾《かし》げる。そして言葉の続きを待った。

「『とりあえず？』」

「ウチの娘息子自慢大会だ！」

コクンと頷《うなず》くピーターに対し、横に控えているレピドライトは眼鏡をくいっとしながら呆《あき》れる。

「……いや、二人共もっと大事な話を進めるべきでしょう」

そうツッコんでいた。

――再来週はガーネット兄様とハウライト兄様十歳の誕生日!!　何をプレゼントするかも悩むんだけど……ヒロインと出会うのあと三年？　だよね。しかもガーネット兄様の場合は少し前……。それまでに二人を仲良しにさせなきゃ！　お揃《そろ》いのカップがいいかな？　いや、それだとカップルだよねえ。

「んんーどうちよ……」

そう悩みながら歩いていると、王宮の庭に小さな男の子がしゃがんでいるのを見つけた。

同い年……くらいかな？

男の子は私に気づいて少し驚いた顔をする。

銀髪で目は綺麗な青色。まるで……

「妖精しゃんだ」

「天使しゃまだ」

私と男の子は同時に目をぱちくりとした後、お互いに笑った。

「へへ、エメ、天使じゃないよー」

「ぼくも、ちがうよーぷぷっ」

「ねえ何見てたの？　おはな？　ここキエイでしょ！」

「うん！　キエイ！　あとね、今シーッね！」

ん？　なんで静かにするんだろ？

男の子が何を見ているんだろうとそっと地面のほうを見る。なんと彼は蟻《あり》の行列を見ていた。

男の子が頬《ほお》を赤らめながら話し出す。

「ありしゃん、がんばてはたらいてゆの。凄《すご》いねー」

ニコニコ笑顔で語るのが可愛すぎるよ！　私も隣にしゃがみこみ蟻《あり》を応援しよう！

「エメもありしゃん、おーえん！」

へへと私達は再び笑い、蟻《あり》を応援した。

「ぼくもありしゃんみたく、ちからもちなればね、いーなあ」

しょんぼり顔の男の子は人差し指を出し、萎《しお》れた花をめがけて魔力を注ごうとするが……ちょっぴりしか花は元気にならなかった。

これはまさか、私と同じでこの男の子もあまり魔力ないんだね？

「エメもね！　あんまないけどがんばるよ！」

「うん、ぼくもがんある！」

「あなたのおなまえは？　エメはね、エメラルド！」

「ぼくはね、プリムア……ぢゃない、ぷ、プリムラ！　ふぅー！　言えた！」

プリムラ君か！　ならプリちゃんと呼ぼう！

「プリちゃん、エメとあそぼう！」

「いいよー！」

そう手を繋いで何をして遊ぶか二人で話をしているところに、アンがやってきた。

「あら、もうお二人共仲良しさんになられたのですね」

「アン！　うん！　プリちゃん仲良し！」

「その方は、我が国の同盟国であるオドントクロッサム国の王子プリムラ様ですよ」

なんと！　小説にチラッと出てきた国だ。ヒーローであるハウライトに協力したとか⁉

あれ、でもあそこはお姫様しかいなくて王子っていたっけ？　お姫様が次期女王として登場していたのに。

まあとりあえず……可愛いから良し！　それに同い年みたいだし、同い年のお友達は嬉しいもの！

「エメ、よろちくねがいます！」

「あいっ！」

友人となった証《あかし》に、後でプリちゃんにマシュマロをあげよう。

「――しゅっしゅっ！　ぽっぽ！　こちらがエメのおへやでーす！」

「エメのおへや！」

「しゅっしゅっ！　ぽっぽ！　こちらがマシュマロたべうとこでーす！」

「エメ、マシュマロちゅきだね！」

「あーい！　とまってくださーい！　今めのまえにいるのは、お友だちのブアットとユー君！」

私は電車ごっこをしながらプリちゃんにお城を案内した。

ブラッドとユー君は首を傾《かし》げる。

「『デンシャって何？』」

聞かれてもどう説明したらいいかわからなかったため、とりあえず「のりもの！」と説明してあげた。

うん、更に混乱していた。

それにしてもブラッドは少しムスッとしている。どうしたのかな？

隣にいるユー君は笑っていた。

「ただの嫉妬《しっと》ですよ嫉妬《しっと》。気持ちはわかりますけどねぇ……王子だから歯が立たない！くっ」

おや？　友達をとられたといじけたのかな？　ブラッドもやはり子供ね！　可愛い奴め！

私はブラッドの腕をちょんちょんとつつき、声をかける。

「エメのはぢめてのお友達はブアットだよ？　みんなであそぼー」

「……はは っ、わり。あーうん、そだな！」

照れ笑いするブラッドに、私とプリちゃんはマシュマロのお菓子をあげた。勿論《もちろん》ユー君にも。

ブラッドがプリちゃんを見てしみじみと感心する。

「この笑顔が眩《まぶ》しくいつもニコニコとしている王子……ハウライト王子とダブるな」

そうかな？　ハウライト兄様もニコニコ可愛いし、プリちゃんもニコニコ可愛いーけどね！　マシュマロを食べながら目に力を入れて眼鏡をくいっとするユー君は、否定した。

「いや、違いますね!!　いいですか！　ハウライトのは偽笑顔！　しかし、プリムラ王子の笑顔を見てください！　純粋無垢《むく》とはこのこと！」

何故《なぜ》かブラッドは拍手して納得する。私とプリちゃんがポカンとしているところに、ハウライト兄様がやってきた。

「随分《ずいぶん》と楽しそうな話をしているね」

「ハウアイト兄たま！」

「やあ可愛いエメラルド。新しい友達ができたみたいだね。あぁ、はじめまして、僕はこの国の王子でありエメラルドの『兄』のハウライトです」

ニッコリ微笑《ほほえ》んで挨拶《あいさつ》するハウライト兄様はまさに、白馬の王子様みたいでキラキラしているね！

「いや何小さい子に圧かけてるんですか。泣きますよ。プリムラ王子様が」

ブラッドとユー君がツッコみを入れた。プリちゃんはジーッとハウライト兄様を見てからパァッと笑いかけ、ギュッとハウライト兄様の手を握る。

「エメのおにいたん！　かっちょいーの！」

「……えっと、ありがとうございます。なんかエメラルドのように可愛らしい子だね」

「プリちゃん！　かあいーの！」

「みんな、かあいーよ！」

何だかハウライト兄様がほっこりした顔で私とプリちゃんの頭を撫《な》でた。

その時、プリちゃんが廊下を歩いているガーネット兄様を見つけ、明るい笑顔でそちらに走る。

「ガーネだ！」

「………プリムラか……」

どうやらガーネット兄様とは少し面識があるようで、嬉しそうに挨拶《あいさつ》していた。

プリちゃんは楽しそうに話しかけてくる。

「エメのおにーたまはいいね！　かっちょいー！　つおいし！　いいなあー」

「えへへの、えっへん！」

何だか誇らしい！

私の兄様達は可愛くてかっこ良くて強いからね！

けれどプリちゃんは、自分の手を見つめ、しょんぼりと落ち込み始めた。

「ぼく、まりょくないから、王さまなれないかなあ……おとうたまみたくつよく、りっぱな王さまなりたいな。みんな……ぼくをへっぽこ王子いうの」

「プリちゃん……」

誰だ！　そいつは！　へっぽこを舐《な》めるなと言ってやりたい！

それにしても、王子が魔力がない問題で一番は……後継者として見られないことだ、とアンが私にコソッと教えてくれた。

もしかして小説にプリちゃんが出てこなかったのは、跡を継げなかったからかなあ。

私と同じくらい魔力がないプリちゃんは凄《すご》く悔しそうな顔をしていた。ガーネット兄様がジーッとプリちゃんを見て、その背中を優しく叩《たた》く。

「……なら強くなれ。力があるものが王だ」

「ガーネット、力だけじゃ王になれないよ。ちゃんと民を想う気持ちや、信頼する気持ちも大事だと僕は思うけど？」

「……………また貴様は口を出す」

え、なんで急にガーネット兄様とハウライト兄様は喧嘩《けんか》しそうなの⁉　と、止めなきゃ！　バチバチしてる！

なのにプリちゃんはガーネット兄様とハウライト兄様を交互に見てニッコリと笑った。

「うん！　どっちもだいぢだねー！」

兄様達が黙る。

おぉ！　ナイス！　プリちゃん！　流石《さすが》可愛らしい妖精さんだよ！

ガーネット兄様がチラッとブラッドを見る。ブラッドは慌てて頭を下げた。

「……っ！　……私は用事がありますので失礼いたします」

ガーネット兄様と去っていく。

いやいやいやいや！　だからなんで最近二人一緒よ⁉　くっ……私もガーネット兄様と出かけたい！

隣にいたプリちゃんが可愛らしい笑顔で私の手を握り、マシュマロを手にとった。

「エメのちゅきなマシュマロたべよー！」

「あいっ！　マシュマロ！」

どんなに魔力がない王子でも、もう充分プリちゃんは王様の素質があると思うよ！

頑張れプリちゃん！　負けるなプリちゃん！　へっぽこ同士だけどお互い気合を入れよう！　マシュマロ食べてね！

――一方、立ち去るガーネットとブラッドの背中を見つめるハウライトは、ギュッと拳《こぶし》を握りしめていた。

「…………いつだって君は一人で何かしようとする……」

そう寂《さび》しげに呟《つぶや》いた。


✽お漏らしと事件発生中！


「ねえねえ、エメ何かいてうの？」

今日も私はプリちゃんと遊んでいた。今はマシュマロ入りのココアをアンに入れてもらい、お絵かきタイム中。

やはり我ながら上手《うま》いわ！

「えへへ、みんなかいてゆの！　プリちゃんもいるよー！」

「エメじょうじゅ！　おめめデカデカ！」

そこに、コンコンとドアを叩《たた》く音がした。

「エメ、ここにいたんだな。お、また描いてるな」

「『ブアット！』」

ブラッドは何故《なぜ》かプリちゃんには紳士モードにならず素で接する。たまにユー君にも素が出ている気がするけどね。

彼が悪役キャラにならず、ハウライト兄様達とも仲良くしているみたいで良かった！

ただ気になることがある。

「ブアット……またケガしてゆよ。あの悪いおぢたんにやられたの？」

「ん？　あーこれは気にすんな！　大丈夫」

最近ブラッドの傷が目立つ。

これは故意にやられた傷なのがわかるもん！　ブラッドの義理の父親モリオン家当主
にやられているのがわかっていても、助けてあげられない……パパに一度相談してみた
のに、パパは「狩りはそろそろだ」とちょっと意味がわからない返事しかくれなかった。

猪《いのしし》でも狩るの？

前世でもそうだけど、虐待《ぎゃくたい》している大人はみんな、子供を何だと思っているんだー！

あ、苛々《いらいら》してきたからマシュマロ食べよ。

ムスッとマシュマロを食べていると、ブラッドは察したのか頭を撫《な》でてくれた。

「サンキューな？」

そう言って、私に笑顔を向ける。

なんで笑顔なのさ！　私は何にもしていないもん……。よし、ここは私とアンがよく行く城の隣にある小さな湖に連れてってあげよう。

私はプリちゃんとブラッドと一緒に湖へ向かった。

「へー城のすぐ隣に湖があったんだな」

「みずうみ、ちれい！　ぼくここしゅき！」

「エメとねアン、マシュマロピクニックのときいくの！」

三人でそう話していた時、ブラッドが急に険しい顔になる。そして、私達を庇《かば》うように前に出た。

「ブアット？　どちたの？」

「ぼくマシュマロ、ブアットのぶんもってきたよー？」

どうしたんだろう？　ブラッドは少し体を震わせ、顔を青くしている。

なんと私達は顔を隠しフードを被《かぶ》っている人達に囲まれていた。

え⁉　何、いつの間に⁉　フードの人達は何かブツブツ言ってて怖いよ⁉

プリちゃんは怖がりつつも、私の手を握る。

「……エ、エメだいろーぶだよ」

怖いはずなのに、必死に私を励《はげ》ましてくれた。

「……エメ、プリプリ王子っ、俺の魔力で風に乗せるから……逃げろ……！　それとこの羽根を……ガーネット王子に渡してくれ」

プルプル震えながらコクンと頷《うなず》くプリちゃんと私にそう言って、ブラッドは黒い羽根をプリちゃんに渡す。続いて、風を起こし、私とプリちゃんをその小さな竜巻の上に乗せてくれた。

「……今だ！　逃げろ‼」

そうブラッドが叫んだ瞬間、怪しいフード姿の人達がブラッドを捕まえる！

待って……！　私とプリちゃんが逃げたらブラッドはどうなるの？　この人達に痛い目にあわされちゃうんじゃないの⁉

そう思っていてもたってもいられず、私はプリちゃんの頬っぺたをムギュとしてから、ブラッドのもとに降りた。

「パパと兄たまたち、よんでね！」

「エメー‼」

「なっ！　馬鹿‼」

風が空に舞い、ブラッドが慌てて上から落ちてきた私を抱きしめる。同時に私とブラッドは気絶した。

「――メ、エメ！」

「んー………おひさまのじかん？」

ハッ!! と気づくと、私とブラッドは薄暗く知らない部屋の檻《おり》の中にいた。

部屋には色々な薬の瓶《びん》が沢山《たくさん》並び、蜘蛛《くも》の巣もはっている。不気味な感じだ。

ブラッドは手首を縛られていたけれど、私はどこも縛られてはいない。

「……良かった」

ホッとして、ブラッドの縄を外そうとするものの、どうやら魔力で縛っているみたいで無理だった。その間も隣の部屋から子供達の泣き声が聞こえてくる。

「ブ、ブアットここどこ」

ブラッドはギリッと唇を噛みしめながら悔しそうな顔をした。

「………モリオン家の別荘だと思う。研究室だ。最近、子供達がさらわれる事件があるのを知ってるか？」

以前、少し聞いたことがあるけれど……え、それってまさかモリオン家が犯人!?

「この役立たずの人形が!! 王子だけを狙えと言っただろう！」

そう怒鳴り声が聞こえて、バン！　とドアが開いた。そこにいたのは、ブラッドの義理の父モリオン家当主！　虐待親父《ぎゃくたいおやじ》だ！

そして……なんで、どうしてだろ……。どうしてこの人は、そこで虐待親父《ぎゃくたいおやじ》と一緒にいるのかな？

「……………………アン？」

「――ハウライト、やっぱり姫様の婚約者として立候補していい？」

「却下だよ」

「容姿端麗、頭脳明晰《めいせき》、将来有望なのにまったく、って……笑顔が怖い怖い！」

ハウライトとユーディアライトがふざけ合っていると、二人の先にガーネットが歩いていた。ガーネットとハウライトは睨《にら》み合《あ》う。そんな二人に、またかと呆《あき》れるユーディアライト。

「「…………」」

気まずい空気が流れているところに、空の上から声がした。

「ガーネッ！　ハウア！　チビレピー‼」

「誰ですか！　チビレピなんて教えて！　……ってプリムラ王子⁉」

空から大声で必死に助けを求めるプリムラが、目を瞑《つぶ》りながらこちらに飛び下りてくる。

「ちぇい！」

ガーネットが手を伸ばし、プリムラを受け止めた。プリムラはプルプル震え、ブラッドに渡された黒い羽根をガーネットに渡す。

「ちらない、こあい人につかまったの！」

「…………………………エメラルドもか？」

コクンと頷《うなず》くプリムラを見て、ガーネットは何やらメモを書きユーディアライトに渡す。

「……父上に兵の準備をと……。エメラルドがさらわれた。……場所はモリオン家の別荘だ」

「なっ！　エメラルドが⁉　なんでガーネットがそこまで知って……⁉　どうして僕に教えてくれなかったの」

「…………貴様に言う必要あるか？」

「……っ！」

ユーディアライトは、二人の様子を見つつも、目の前でプルプルと震えているプリムラを抱き上げて励《はげ》ました。

「プリムラ王子よく頑張りました。とりあえず、国王と父上にこの件を報告しに――って……既《すで》にいない!?　あーもう！　あの二人は‼」

そこにガーネットとハウライトの姿はなく、ユーディアライトは、一刻も早く王達に知らせようと行動を起こそうとする。けれどその時、プルプル震えていたプリムラがユーディアライトに申し訳なさそうな顔をして謝った。

「……チビレピ…………ぼくね、ちっこ……もらちた……」

「ええ……」

✿私のママ

『――○○ちゃんはお母さんの日には何あげる予定なの？』

『……あーウチ、おばあちゃんとおじいちゃんしかいないんだよね！』

前世の私は事故で両親を亡くし、母方の祖父母に引き取られた。だから、「パパ」や「ママ」という存在に憧れていたし、恋しかったのを憶えている。

今世ではあのロマンス小説の世界に転生し、死亡フラグありまくりのお姫様になっていたのは焦《あせ》ったけど、でもね……パパやお兄ちゃん二人もいるなんて、すっごく贅沢《ぜいたく》で、憧れだった家族と一緒に過ごせることが本当に本当に嬉しかった。

それに、「ママ」の存在を口にしなかった……いやしようと思わなかったのは、いつもそばにいてくれる人がいたから。

「――アンリ！　この役立たずの人形が！　王子だけを狙えと言っただろう！」

「……申し訳ございません」

パシン!!　とアンを鞭《むち》で叩《たた》くモリオン。私は彼に向かって叫んだ。

「アン！　おぢたん！　アンを叩《たた》くのメッなんだよ！」

「姫様はアンリを気に入っていたようですな！　しかし、残念ながらアンリは私の人形であり、姫様のお命を狙っていた暗殺者なんです！　長く騙《だま》されていたわけですよ！はははは！」

「ちがーもん！　アン！　エメここにいるよー！」

けれどアンは俯《うつむ》き、呼びかけても私を見てくれない。モリオンが私を品定めするかのようにニヤリと不気味に笑う。

「……まあ、いずれは……姫様もこうなるわけだったし、あの方も喜ばれるだろう。うむ」

一人でブツブツ言いながら納得している彼にブラッドが叫ぶ。

「クソ！　あんた本当クズだな！　エメを開放しろよ！　魔力のない子供達を誘拐して何の実験してたんだ！」

モリオンは舌打ちし、檻《おり》の外から鞭《むち》を伸ばしてブラッドを叩《たた》いた。

「本当にお前は役に立たない奴だ！　本来ならお前を先に使って実験できたのに……！　邪魔ばかりする！　姫様と接触しようとする時もお前は邪魔しおって！　もっと体を痛めつけておけば良かった！」

は？　今、なんて言った??

「……え？　ブアットの傷……」

ブラッドのその傷はもしかして、モリオンが私に近づこうとするたびに邪魔をしたことで傷つけられたものなの？　それなのに私は気がつかなかったの？　友達が庇《かば》って守ってくれたことを知らずに、ただ毎日幸せに過ごしてマシュマロを食べていたの？

……そんな、友達を助けてあげられない私は、本当に役に立たないへっぽこ姫じゃん!!

「エメ、そんな顔するな。俺が好きでやってるだけだ、な？」

ニッコリ私に微笑《ほほえ》みかけるブラッド。

悔しいな。私は何も力がなくて……何もできない。

「ふん！　アンリ！　とりあえず見張れ！　私は様子を見に行ってくる」

そう言って、モリオンは部屋から出ていった。シンとあたりが静かになり、ブラッドがアンに話しかける。

「アンリさんが暗殺者だと……もうバレてましたよ。ガーネット王子にも……。ただ……暗殺者なのに貴女《あなた》のエメに向ける視線が……あまりにも愛しそうなものだったから。ずっと黙認してたんですよ」

「アン……エメ、ちらいなった……？」

私が今までどうして母の名を口にしなかったか？

「あ！　そうだ！　エメ、マシュマロ十こから九こに減らすよ？　だからね、いい子でいるからっ……」

――それはいつもそばにアン、貴女《あなた》がいたから。

「だからっ………」

寂《さび》しくなった時も、いつもそばで優しくしてくれた人。時には厳しい時もあったけどね、アンは私の最高の最高の――

「――ママ…………！　エメとおうちかえろうっ…………」

すると、アンはパッと顔を上げてようやく私の顔を見る。そしてポロポロと泣いた。

「……あぁ……姫様……私はなんてことを……」

彼女は慌てて檻《おり》にいる私とブラッドを解放してくれる。

「エメラルド姫様！　ブラッド様！　早く逃げてくださいませ！」

「アンは⁉　エメと――」

アンは首を横に振り、ただいつもの優しい笑顔を私に向けた。

その時、私達の声を聞きつけたのか、再びドアが開き、モリオンが怒りながら部屋に入ってくる。

「一体どういうことだ⁉　隣にいたはずの子供達がいない！　私の配下は倒れてる！　アンリ！　貴様、私を裏切ったな！　人形の分際で‼」

彼が鞭《むち》でアンを叩《たた》き、彼女は苦しそうにしていた。

直後、ブラッドがアンの首の痣《あざ》を見て慌て始める。

「アンリさんの首！　奴隷印がある！　だからあのクズに逆らえなかったのか‼」

奴隷印⁉　それって今は禁止されている魔術じゃなかったっけ⁉

「うっ……」

アンは私達を庇《かば》うように倒れた。奴隷印の痣《あざ》が一気に全身に広がり、彼女を苦しめているのがわかる。

主人である者の命令に逆らったら……それは即《すなわ》ち……死！

「アン！　だめ！　おねむしちゃ！」

モリオンが鞭《むち》を持ち私達にジリジリと近づいてきた。

「姫様のその王族の血が流れる心臓はいただきますぞ!!　なあに！　王家には、何かの事件に巻き込まれたと言えばいいだろう!!」

……あ、これが例の死亡フラグだったのかな？　私はパパやガーネット兄様、ハウライト兄様にもう……会えないの？

そう思った瞬間――

「何、妹を泣かせてんだ」

ドガーン!!　と天井に大きな穴があいた。

その向こうには黒い大きな鷹《たか》に乗ったガーネット兄様とハウライト兄様がいる。

「ガーネ兄たまっ……ハウアイト兄たま……ヒック」

モリオンは青ざめた顔で腰を抜かした。

「そ、そんな馬鹿な！　ここの屋敷は強力な魔力の結界で守られていたのに！　子供に……！　たかだか九歳の子供に破られるわけが……こ、国王ならまだしも……！」

「…………そうだな。《二人》では無理な強力な魔力結界だった」

「そうだね。父上くらいなら壊せたかもね。でも……」

「『今は二人だ』」

「兄たま達！　なんかヒーローみたい！」

ブラッドが冷や汗垂らしながら肩を竦《すく》める。

「……いや、あれは弱い者虐《いじ》めをしようとする悪役にしか見えない。俺、なんか嫌な予感がしてくるんだけど」

そう呟《つぶや》いていた。


✿みんな仲良く帰ろう！


私は今、ブラッドによって目を塞《ふさ》がれていた。

「ねえーブアァット、エメいちゅまでお目目閉じてればいーの？」

「エメ、何も見るな、聞くな」

ブラッドよ！　意味がわからない！せっかく兄様達のカッコいい戦闘シーン姿を見たかったのに、絶対見るなと言われてしまい、耳を塞《ふさ》がれ、目を瞑《つむ》ったままの状態だ。

私がへっぽこだからかい⁉

一方──

「ぎゃあぁあああ！　ヒィ！　お、お助けを‼」

エメラルドは知らないことだが、モリオンの顔は既《すで》に原型がわからないくらいパンパンに腫《は》れていた。

血だらけのモリオンに可愛らしい笑顔を向けるハウライトは、クスクス笑いながらその顔を踏みつける。

「何、呑気《のんき》なことを言ってるの？　あぁモリオン、一つ聞きたいんだけど、どうやって……………死にたい？」

「ハッ、ハウライト王子よっ！　それは……グハッ‼」

ガーネットがモリオンの顔に蹴りを入れ、胸倉《むなぐら》を掴《つか》んで睨《にら》んだ。

「…………黒幕は誰だ」

ガクガク震えるモリオンがなかなか口を割らず、ガーネットは苛立《いらだ》ちを隠せなくなる。

「…………あぐっ……ぁあぁ……それは……」

「ガーネット、吐かせるならもう少し痛めつけないと。爪《つめ》でも剥《は》がそうか」

ハウライトの言葉にコクンと頷《うなず》くガーネットに、モリオンの顔は青ざめた。

「ヒッ!!　そそそれはっ……!!　やめっ！」

二人がモリオンをフルボッコにしている姿を近くで見ていたブラッドは呆《あき》れ、「……あいつら、悪魔かよ……」と引く。

その時、突然地鳴りが起こり、建物が揺れ始めた。

ブラッドは慌てる。

エメラルドも何が起こっているのか気になり、我慢ができなくなっていた。

「……じ、地震か!?」

「うー！　ブラッド、エメもうがまんでちない！」

地鳴りがする、一体今、どーなってるの!?　アンのことも早く助けなきゃいけないのに!!

周りを見渡すと、薄暗い部屋の壁は見事に崩れ、なんかもー、ぐちゃぐちゃ状態だった。

チラッと兄様達を見る。あれ、虐待親父《ぎゃくたいおやじ》モリオンの顔……凄《すご》いことになってるよ⁉

ハッ！　そんなことより、

「アン！　だいろーぶ⁉　いたい？」

私は倒れているアンに駆け寄り、声をかける。少し元気がない感じだけど、まだ大丈夫みたい！　良かった……！

「国王と騎士団だ……」

ブラッドが何故《なぜ》かブルブル震えながらそう呟《つぶや》いて指をさす。

そちらを見ると、スターダイオプサイト国の国旗とオドントクロッサム国の国旗を掲《かか》げて歩く騎士団が大勢いた。その中にパパとレピさん、ユー君と……銀髪の人⁇

プリちゃんを抱いているということはプリちゃんのパパさんだ！

……えーと、なんかパパがこちらに向かってくるたびに、地鳴りがして地面に亀裂ができているのは気のせいかな？　パパの背後に凄《すご》い黒いオーラが出てるけど……

横にいるレピさんはどうやらパパを宥《なだ》めているようだ。

「いいから落ち着いてください！　国を滅ぼす気ですか！」

一方、プリちゃんのパパは、笑いながら手をポキポキ鳴らして準備運動をしていた。

「血祭りなら俺も参加するぞー」

「だから貴方はちょっと黙っててください！」

何だろう、三人仲良しさんだね？

「パパ!!」

私はパパのほうへ走り出す。パパはいつも無表情なのに一瞬泣きそうな顔になり、ギュッと強く私を抱きしめてくれた。

あぁ……少し震えている。心配してくれたんだね、ごめんね、パパ。あ！　そうだ！

「パパ！　アンをたちけて！」

「………………アンリか………………」

パパは近くで倒れているアンをジッと見て少し考え、近くにいた兵に命令する。

「……………医療術師を呼べ」

「ハッ!!」

意識を失ったアンは騎士団の人達によって治療のために運ばれていった。

大丈夫……だよね？

私はしばらくの間、そちらに気を取られたのだった。

――ピーター国王はガーネットとハウライトの血だらけになった姿を見て心配し、近寄った。

「……お前達……怪我《けが》をしたのか……」

「「いや、あれ返り血でしょう（だろう）」」

すかさずツッコむレピドライトとブバルディア。そんなことには聞く耳を持たず、ピーター国王は既《すで》にボコボコにされたモリオンの頭をギリギリと強く掴《つか》んで睨《にら》む。

「……モリオンよ、貴様はどう死にたい」

「父上。それは先程、僕が聞きましたが既《すで》に気絶しています」

「……そうか」

レピドライトが冷静な顔で眼鏡をくいっとしながら話し始めた。

「ピーター国王!! ガーネット王子もハウライト王子も落ち着いてください！ いいですか！ こういう裏切り者には、生かし続けて苦痛と地獄を見せ早く死にたいと思わせながらいたぶるのが良いのですよ！ あぁ、少し前に拷問《ごうもん》部屋が出来上がりましたので、それを使いましょう！」

「レピちゃん、お前も落ち着けよ」

「レピちゃん言わないでください！」

——私がアンに意識を集中させていた間に、何やらパパとガーネット兄様とハウライト兄様とレピさんは、あのおじさんをどうするのかお話し合い（？）をしていた。

「エメ!!」

「エメラルド姫！」

パパ達についてきたプリちゃんとユー君がこちらに駆けてくる。

「プリちゃん！　ん？　ユー君………なんかおちっこの匂いすゆ」

「あー本当だ。未来の宰相はお漏らしだったんだな」

私とブラッドが指摘すると、ユー君は慌てていて、プリちゃんは顔を隠した。

一体どうしたんだろう？

「姫！　ブラッド君！　これには深い深ーい！　事情があったんですよ！」

何だろ、深い事情とは。

チラッとプリちゃんの後ろにいる銀髪のこれまたイケメンさん——プリちゃんのパパであるオドントクロッサム国の国王・ブバルディアの顔を窺《うかが》う。

プリちゃんのパパはこちらを見てニコッと笑い、私の頭を撫《な》でた後しゃがみこんで手をギュッと握ってくれた。

「俺の息子を救ってくれてありがとう。小さな姫エメラルド。そして友人のブラッドよ。この借りは必ず返すな」

深々と頭を下げられ、私とブラッドは何だか照れてしまう。

それにしても、心配なのは兄様達だ！　怪我《けが》とかしていないかな？

私はガーネット兄様とハウライト兄様達のいるほうを振り返る。

「ガーネ兄たま！　ハウアイト兄たま！」

走り寄って二人にギュッと抱きついた。

「……………服が血で汚れる」

「エメラルド、怪我《けが》はないみたいだね」

ガーネット兄様とハウライト兄様が私の頭を撫《な》でてくれる。

「エメ、兄たま達がね、なかよしなって、わるものたいじ！　うれちかったよ！」

二人がまさかまさかの！　手を取り合って私達を助けてくれたのが本当に嬉しかった！　これは大きな一歩だよね!?　そうだよね！

ニコニコと話す私にガーネット兄様とハウライト兄様は微妙な顔になる。どうやら、どう反応していいのかわからないらしかった。

「へへ、エメのじまんの兄たまだよ‼」

さあ、みんな仲良くおうちに帰ろう！

✽オデコにチュッ

あれから数日経った。

「アン、だいじょーぶ？」

「……はい、大丈夫ですよ。エメラルド姫様」

「エメラルド姫様、アンリの奴隷印は相当古くなかなか根強いもので、治癒《ちゆ》に時間がかかります」

レピさんがそう説明してくれる。

アンはあれからベッドに寝たきり状態になり、今は治癒《ちゆ》に専念しているらしい。

私はアンの手を握り、いつも彼女が歌ってくれた子守唄を歌った。

「げんちなってね、アン……」

アンは涙ぐみながら私をギュッと抱きしめる。

「姫様……申し訳ありませんでした……」

「アン！　ちがーよ！　ごめんちゃいじゃないよ！　ただいまだよ！」

「……………ええ……ただいま戻りました……姫様」

「うん！　おかーりなさい！」

ギュッと私はアンを抱きしめ返した。

やっぱりアンの胸の中はあったかいね！　とりあえずマシュマロは九個までにするから！　いい子で待ってるよ！


更に数日後。

ガーネット兄様とハウライト兄様の誕生日パーティーが開かれた。いつもはハウライト兄様に人が集まるのに、今回ガーネット兄様にも人が沢山《たくさん》集まっている。

原作では誰にも見向きされず、いつも男主人公《ヒーロー》ハウライトの影だったガーネット。それが今では——

「ガーネット様！　私は男爵家クリエル家の——」

「私はいつも父がお世話になっているカトレア家の——」

ガーネット兄様は凄《すご》い不機嫌なのに、みんなぐいぐいいっている！　愛想の良いハウライト兄様なんてもっと凄《すご》くて、もみくちゃ……！　アイドル並だよ⁉

「はわわ……ガーネ兄たまとハウアイト兄たま、にんちもの！」

一方、隣にいるユー君とブラッドはジュースを飲みながら話していた。

「まあ、そりゃあそうだろうな。この前のモリオン家での出来事は、国民全員に知れ渡ったからなあー」

「うん！　兄たま達ヒーロー！」

「《あの兄弟》が協力し、モリオン家の悪事を裁いたって噂《うわさ》が物凄《ものすご》い勢いで駆けめぐって、ぷぷっ、今じゃあの二人は仲良し兄弟だと言われてますからね！　それを報告したら、彼らがどんな顔したと思います⁉　絶望の顔でしたよ！　あはは！」

「その噂《うわさ》はペリドット親子で流したんだろーな……」

そう言って、ブラッドが呆《あき》れている。

あれ？　そういえば、モリオン家がなくなった今、ブラッドはどうなるんだろう⁇

養子は白紙になるということだったから、住む場所がないの⁉

私はブラッドの裾《すそ》を引っ張る。

「ブアット、おうちどーなゆの？」

するとブラッドは、深ーい溜め息《たいき》をついて遠い目になった。

「あー…………言ってなかったな。そのことだけど、モリオンの本家はなくなったが、一族に家とは縁を切っていた人が残ったんだよ。この国の騎士団長なんだけどさ…………」

その時突然、ブラッドの背後から筋肉ムキムキの、髭《ひげ》を生やして口紅とチークでメイクをしている人が現れる⁉

「あっらーん！　ブラッドちゃん！　ここにいたのん？　ママのそばから離れちゃ、だ・め・よ♥」

「げっっ‼」

どう見てもオカマさんがブラッドを抱っこしてスリスリとめちゃくちゃ頬擦《ほおず》りをしている。ブラッドは目が死んでいた。

大丈夫、かな⁇

オカマさんは私の存在に気づき、丁寧に挨拶《あいさつ》をしてくれる。

「これは国の若き栄光、エメラルド姫様。お会いできて光栄です。私はこの国の騎士団長を務めております、シャトル・モリオンです。この度、ブラッドを私の養子として引き取ることにいたしました。あ、モリオンとはいっても、もうモリオン家とは無関係ですからご安心を」

「いや、急に渋い声出したって、筋肉ムキムキのドレス姿の不審者にしか見えませんよ！」

そうユー君がツッコむ。

でも、なんかいい人そうだよ！

「シャトルしゃん、ブアットに沢山《たくさん》いーこいーこちてね！」

「いや！　待て待て待て！　何、話進めてんだよ！　おい！　下ろせ！　やだよ！　オカマの親だなんて！」

オカマさん、いやシャトルさんはニコッと笑って「はい、勿論《もちろん》です」とウィンクする。

そして、ブラッドを拉致《らち》……いや、一緒に仲良く会場から出ていく。

片手で担《かつ》がれているブラッドが、ジタバタと騒いでいた。

「もう下ろせよ!?」

「あらん！　ママにそんな言葉メッ！　よ？　そ・れ・に、剣術を鍛《きた》えるんでしょん？」

「うっ……そうだけど……」

「うふふー♥　私、厳しいわよん。家ではママだけどぉー、剣術の稽古《けいこ》の時は………容赦《ようしゃ》しねえからな、甘えんなよ」

「……あんたのそのオカマと団長の顔の二重人格、何なの……？」

「あらやだー、強くなりたいんでしょん？　小さなお姫様のために」

ブラッドは会場の中にいる私を見つめて、自分の手をギュッと握る。何だか何かを決意した顔をしていた。

「……あぁ、俺、強くなりたい」

強い眼差《まなざ》しをするブラッドを見てシャトルさんはニコッと笑う。ブラッドの背中をポンと優しく叩《たた》いた後、頬っぺたにキスをしたせいで、ブラッドは気絶をした。

そうして無事に誕生日パーティーが終わり、プリちゃんとプリちゃんのパパは自分の国へ帰ることになった。

みんなと一緒にお別れの挨拶《あいさつ》をし合う。私とプリちゃんはギュッと抱きしめ合い、両方の手を握った。

「エメ！　いっぱいあそんでありあとーね！」

「プリちゃんもありあとー！」

「こんどはぼくの国あそびちてね！　雪たくさんたくさんあるよ！」

「あいっ‼」

プリちゃんは隣国の王子で私と同じ魔力がない子。もしかしたら原作では私同様、殺されていたキャラだったんじゃないかなと思う。そんな彼と友達になれた。

可愛くて妖精さんの新しいお友達。また会えたらいいな！

「エメ！　ちゅきだよ！」

「え？」

プリちゃんがニコと笑い、私の両頬《ほお》を触ってオデコに〝チュッ〟とキスをした。

――その瞬間、エメラルドの後ろに控えていたピーター国王達、全員が固まった。

冷たーい空気になったと思いきや、プリムラはテテと小走りし、ガーネット、ハウライト、ブラッド、ユーディアライトと順番に頬っぺたにキスを贈る。何が何だかわからないまま混乱している全員に構わず、彼は元気いっぱい手を振った。

「みんな！　またねー！」

そう言って、去っていく。

「くっ……やはり奴の息子なので侮《あなど》れませんね、ピーター国王……って、何まだ固まってるんです！」

こうして、プリムラとエメラルドはまた会う約束をして別れた。

――バイバイ！　プリちゃん！　また遊ぼう!!

因《ちな》みにガーネット兄様とハウライト兄様の誕生日プレゼントには、お揃《そろ》いのマシュマロ人形をあげたよ!!　二人共ビックリしてたけど、これからもっともーっと仲良しさんになってね！

第四章　閑話

✽ペリドット家の会話

ユーディアライトの父は、この国の宰相で、みんなに天才だと言われていた。

「――父上！　またなんで屋敷に落とし穴があるんです！　いいかげんにしてください！」

朝から、そのレピドライトが作った落とし穴に見事にハマったユーディアライトは、顔を真っ赤にして騒ぐ。

あぁ、どうしてこの人がこの国の宰相なのかが不思議だ。あんなチャランポランな父上なのに、何故《なぜ》仕事ができるのか本当にわからない!!　みんな騙《だま》されている！

そう、ユーディアライトは思う。

「ユーディアライト、どうしましたか？　またお漏らしでもしましたか？」

「だから、それは私ではありません！　母上！　どうして父上と結婚したのですか！」

「頭脳明晰《めいせき》、容姿端麗、家柄良しだからですよ」

優雅に紅茶を飲み足を組んで自信満々に答えるレピドライトに、ユーディアライトは呆《あき》れる。

「父上が答えてどうするのですか」

向かいで紅茶を飲んでいた母がようやく答えた。

「うふふ、お父様はとても面白い方だからよ」

「母上……ちょっと意味わかりません」

「ユーディアライトも愛を知ればわかりますよ」

「父上に愛など語ってほしくないですね」

人を小馬鹿にするこの態度！　あんな人にはなりたくないと、ユーディアライトはますます憤慨《ふんがい》した。

「まったく、あの人は！　いつか絶対にギャフンって言わせてやるっ！」

そんなある日。王宮の図書館で本を借りようとしていたユーディアライトは、我が国の癒《いや》しの天使エメラルドが歩いているのを見かけた。彼女はユーディアライトの存在に気づき可愛らしい笑顔で彼のほうへ向かってくる。

「ユー君！　おべんちょー？　エメもだよ！」

魔力がなく、王族故《ゆえ》に命を狙われやすいのに、彼女はいつも明るく元気が良くて、ユーディアライトはその存在に癒《いや》されていた。

「では僕と一緒に行きましょう」

「あいっ！」

二人で歩いていく途中、レピドライトが誰かと話しているのを見かける。

「流石《さすが》はレピドライト様ですな！　おや、そのいつも使われているペンは少し可愛らしすぎませんか？」

「あぁ、これは息子から誕生日プレゼントとして貰《もら》ったものです」

レピドライトは少し頬《ほお》を赤らめ、嬉しそうに話していた。

「……なんであんな昔のもの……」

「レピさんとユー君、なかよちだねえ！　ユー君レピさん、しゅきだもんね！」

うっ、やっぱりその笑顔可愛いです姫様。

改めて、そばにいて彼女を守りたいと、ユーディアライトは子供ながらに思った。

「――父上、やはり僕を姫様の婚約者候補として名をあげていただきたいです！　頭脳明晰《めいせき》！　容姿端麗！　家柄良しですからね！」

「あらまあ、朝のお父様と同じことを、この子言ってるわ」

「婚約者……ね」

「そうです！　父上から王に――」

「……………覚悟がありますか？」

父親に真剣な眼差《まなざ》しで見つめられ、ユーディアライトは少し固まってしまった。

「それでは、まずはですね……」

ゴクリと息を呑む。

「この城の騎士達を全員倒してください。その次に乳母のアンリです。彼女は元暗殺者ですから手強いですよ？　そして次はブラッド君ですね。彼は最近、剣の腕を随分《ずいぶん》と磨いています。将来の騎士団長の素質があるのでしょう。そして次は私です！　私と闘ったら精神的ダメージが大きいです！　もう寝れないほどの苦痛が待ち受けてる！　更に!!　次はあの悪魔の兄弟ですよ!!　死を覚悟して挑まなければなりません！　そして最後!!　あの馬鹿魔王です!!　破滅への道が開かれますね！　即《すなわ》ち！　姫様をお嫁さんにするということは全国民を敵に回すということですよ!!」

辺り一帯がシーンと静かになり、ユーディアライトは席を立った。

「……………………とりあえず勉強しに行ってきます」

「それが賢明な判断ですね」

そう言われ、フラフラと部屋を出るユーディアライト。

「ふふふ、あらまあ、意地悪ですわね？　貴方も姫様の義理の父と呼ばれてみたいと騒いでいましたのに」

「おや、そうでしたか？　私はまだ……死にたくはありませんからね！　とりあえずあの王をからかうのが生き甲斐《がい》みたいなものですし」

そんな会話が聞こえる一方、ユーディアライトも心の中でぼやいた。

どうやら……姫様の婚約者になるのは険しい道のようだ。わかっていましたけどね!!

――未来の宰相となる少年に幸あれ！

✽ブラッドの守りたいもの

「この役立たずが!!」

バシッ！

孤児の俺はある日、貴族に買い取られた。以来、変な薬を飲まされて魔力が思うように発揮できなくなり、いつも鞭《むち》で叩《たた》かれる毎日。

いつかコイツを殺してやろう。そう思って過ごしていた頃、小さな女の子と出会った。

マシュマロが大好きで見ていて面白いこの国の小さなお姫様、エメラルド・スターダイオプサイト。

ずっと守ってあげたいと思うお姫様だ。

その後、オカマに引き取られて、毎日拷問《ごうもん》のような飴《あめ》と鞭《むち》生活に変わる。剣の稽古《けいこ》は相当厳しいけど、メイクバッチリの騎士団長シャトルは今まで会ったどの大人達より、俺の面倒を見てくれていた。

姫のために強くなりたいから……厳しい稽古《けいこ》も我慢できる。

その思いから今日も剣の練習に励《はげ》んでいると、エメラルド姫が顔を見せた。

「ブアットー！　剣のおけーこだ！」

「エメ！」

「エメもね！　マシュマロたべてチカラいっぱいよ！」

「はは！　俺もな、結構剣の素質があるみたいだけどな」

「むー……おかちい……げんさくでは……おーじたちに次ぐ魔力じゅちゅつしゃなるの

いる。

彼女はたまにブツブツ独り言が多くなるけど、見ていて面白いからそのまま流している。

そこに新たな人間が現れた。

「あー！　何だ没落したモリオン家のブラッドじゃん！」

「エメラルド姫様だ！　……可愛いっ！　おい！　ブラッド！　姫様から離れろよな！」

え、誰だ。コイツら？　多分同じ騎士団見習いの子達だよな？　制服も俺が着ているのと同じだし。

仕方なく、彼らに対応する。

「……あぁ、エメラルド姫様にご挨拶《あいさつ》してただけですよ」

「ぷぷ。ブアット、またしんちモード」

コソッと呟《つぶや》きながら笑うエメラルド。

それを見た少年達が怒り出した。

「少し剣の腕がいいからっていい気になるなよな！　オカマ団長の息子になって恥ずかしい奴！」

「やーい！　オカマやろー!!　オカッ——」

その言葉に俺はかちんとくる。

「温室育ちの坊ちゃん達、死にてえかコラ。俺の親を馬鹿にしてんじゃねーよ」

「す、すいませんでした……」

そう謝りつつ泣き、少年二人は去っていく。

やべ！　こんな乱暴な姿。エメラルドに見られてんじゃん!!

「あー、わりっ……今のは見なかったことに……」

そう言って振り向くと、ぽろぽろ泣いているオカマ——シャトルがいた。彼の隣にいるエメラルドがシャトルにハンカチを渡す。

「ハンカチだよっ！　エメのだよ！　ふいて！」

「姫様ありがとん!!　やだー！　私、感動しちゃったわ！　俺の親！　俺の親ですって!!　みなさーん聞きましたかぁぁああ！　私の可愛い息子ブラッドが私のこと好きらしいわん!!」

「……いや、これは言葉のあやで……」

「今夜はブラッド君の大好きなチキンステーキにしちゃうからん！　あ、稽古《けいこ》はいつもの倍になるわ！　うふ、またね！」

シャトルが嵐のように走り去る。ポカンとなった俺とエメラルドは顔を見合わせて笑った。

「へへ、ブアット、だいぢにされてるー！　よかったねー！」

ニコニコと自分のことのように嬉しそうに笑うエメラルドに、今日もまたこの笑顔を守りたいと強く願う。

この気持ちが何なのかは知らない。

いや、わかっている。

でもまだこの気持ちは胸にしまおう。もっと、もっと強くなって……そしたら……

とはいっても、強敵……多すぎだろ！

第五章　へっぽこ姫の仲良し作戦？　その2　兄弟編

✿みんなと仲良く町へお出かけ！

「パパー！　おちごと頑張ってましかー？」

パタパタと走って向かった部屋のドアを開けると、パパと、レピさんと、ガーネット兄様、ハウライト兄様達が何やら話し込んでいた。

「最近城下町では沢山《たくさん》のお店ができ、繁盛してるみたいですね。そこでガーネット王子、ハウライト王子に視察へ行っていただきたいと思ってます。二人仲良くでもいいですし、単独でも良いですよ」

「『単独で』」

「………………私も行っては駄目だろうか」

「ピーター国王！　貴方が行けば、国民は震え混乱いたします！　王子達も騒がられたら困るので変装して行ってくださいね」

そう話をしている四人の前で、私はキラキラした眼差《まなざ》しで手を上げ、ぴょんぴょん跳ねながらアピールする。

「あーいっ！　エメも！　エメもりっこーほーしましゅ！　いちたい！　たくさんおみせみたい!!」

城下町に行ったことないんだもの！　行ってみたい!!　見てみたい！　私も視察隊に参加をさせてくださいな！　レピさんよ！　いや！　レピ様よ！

「………………やはり私も行こう」

え！　パパも!?　やったあ！

ガーネット兄様が私を抱っこし、無言で頷《うなず》いてくれた。ガーネット兄様も賛成してくれるみたい！

「エメラルドが行くなら僕もエメラルドについていくよ」

ハウライト兄様も一緒だ！　やったね！

「え？　じゃあ四人で行くのですか？」

パパとガーネット兄様とハウライト兄様は頷《うなず》き、レピさんが少し頭を抱える。

「……一国の王が簡単にホイホイ城下町へなど……今回は王子達の勉強でもあるのに、こんな、こんなことは………！　おや、これは面白っ、いや、行きましょう！　私もついていきますね！」

やったあ！　家族みんなと町へお散歩だね‼

私達は変装をして町へ下りた。護衛も最初はつけるという話だったのに、パパ達がいるからいらないとレピさんが判断した。

パパはちょび髭《ひげ》をつけて眼鏡をかけた、自称売れない画家さん的な格好をしている。

ガーネット兄様は黄色い帽子を被《かぶ》り黒い半ズボンに白いワイシャツのわんぱく小僧みたいな感じ。

ハウライト兄様は灰色のワイシャツでチェック柄の半ズボンにハートの形をした眼鏡をかけている。

レピさんはシンプルな服装で、パパ達を見てお腹《なか》を抱えて笑った。

「ブハッ！　み、みなさんとてもお似合いで……」

「「「…………」」」

「へへ、エメはね、まっちうりしょーじょみたい！」

パパは無言で何故《なぜ》か私の頭を撫《な》でてくれる。

似合うってことかな？

五人で城の門の先を歩いていくと、ガヤガヤと賑《にぎ》やかな声が聞こえてきた。

「ふわあぁー！」

建物は中世ヨーロッパ風で出店も沢山《たくさん》あり、町は活気に溢《あふ》れている。

林檎飴《りんごあめ》とか売ってる‼　ハッ！　マシュマロ専門店とかあるかな⁉　なんか興奮してきたよ！

「王子達は、町を見て何か感じることはありませんか？」

「…………興味がない」

まったく町のことなど興味がないと言うガーネット兄様に向かって、レピさんが人々を眺めながら話す。

「ガーネット王子、国民の暮らしを知るのも王子としての務めですよ。見てください！　姫様なんてもう町に馴染《なじ》んで林檎飴《りんごあめ》を食べてます！　可愛らしい！」

「ガーネ兄たま！　りんごあめね、あったの！　おいしーよ！」

「…………そうか」

「へえ、パン屋さんも沢山《たくさん》あるんだね。エメラルド、パンを買って僕と半分こしようか」

「あいっ！」

ハウライト兄様がパンを買ってくれた。

んはー！　クリームパンがふわふわして美味《おい》しい！

みんなと町を歩いていて気がつく。チラッチラッと女性達の視線が熱い！

やっぱりなあー……パパもガーネット兄様もハウライト兄様も、ついでにレピさんも、変装してもイケメンオーラが出まくりで目立っているんだもん。変装の意味ないかもね！

「ん？」

きょろきょろと周囲を見回しつつ歩いていた私は、そこでピタッと立ち止まった。周りのお店は賑《にぎ》やかなのに一つだけポツンと寂《さび》れているお店を見つけたのだ。

中世ヨーロッパ風の店にまったく馴染《なじ》んでいない……なんというか、懐《なつ》かしい和風テイストの建物だった。

「エメラルドどうしたの？　ここのお店が気になるの？」

「おや、ここは……売れてないみたいですね」

私は意を決してお店の中に入る。

そこはもう懐《なつ》かしいというか、見たことあるというか。カウンターが何席かあり、水槽には魚達が沢山《たくさん》泳いでいる小さな店……ここは……お寿司屋さんか‼

その時、ガシャン！　と皿が割れる音がした。私達を見てねじりはちまきをしているそばかす顔の少年が驚いている。

「と…………とーちゃん‼　久しぶりにお客さんが来たべよ！」

「なんどい‼　んな、嘘《うそ》っごつくなや！　って、いる‼　らっ、らっしゃい！」

これまたイカツイ大将さんが出てきた‼

ここのお店はオスッシンとやらを作って出すところらしい。けれど、お店を開いたもののの、なかなか売れないそうだ。

「いんやー、お恥ずかしい限りだや。そろそろ店をたたむかと思ってだんだけど、今日はオラの奢《おご》りだ、イケメンさん達に食べてもらうのも魚達が喜ぶべさ」

いや、寿司だよね？　見た目お寿司だよね？

パパやガーネット兄様、ハウライト兄様、レピさんは、見たこともない食べ物をジーッと見ている。

「その……僕、初めてかな、こういう食べ物」

「おや、これは異国の食べ物ですかね。ピーさん、ちょっと先に毒見してください」

「…………ピーさんって私のことか」

ガーネット兄様は食べたくないという顔をしていた。

「…………食べなければいけないのか」

四人は何やら話をしているけど、私は平気。

あ、お箸《はし》はないみたいね。

出されたものを手で掴《つか》み、パクッと食べる。

「んんー！　これあね！　これ！　おいちー！　みんな食べて！」

躊躇《ちゅうちょ》なく食べた私に、パパ達がポカンと驚く。そして、恐る恐る、パクッとオスッシンを食べた。

レピさんはプルプルと震えながら、また一口食べる。

「これは美味《おい》しい！　見た目さえ気にしなければ美味《おい》しいですね！」

「うん、僕も好きだな。特にこの黒いのを巻いてるやつが好きかもでしょ！　へへ、大将さん達も喜んでいる！　良かった‼

さて、パパとガーネット兄様はどうかな⁇

パパはひょいひょいと食べまくっている！　美味《おい》しいんだね‼　ガーネット兄様は頬《ほお》を赤らめてもぐもぐ食べている姿が可愛い！　二人共、オスッシンの魅力にハマったか！

「これなら、お店をたたむのは勿体《もったい》ないです。お代は出します」

レピさんがお金を渡すと、大将さんは慌てた。

「え⁉　ごんな大金いらねーべ！　これ……半年分あるべや‼　久々に来た客だがら

サービスで！」

「私は王宮の使いの者です、このオスッシンを我が国王達にも食べさせてあげたいので、その分でもあります」

「へ、へい！」

「なんがわかんねーけど、父ちゃんやったな！」

親子二人が喜んでくれて良かったよ！　私もオスッシン食べたいもの！

私達は大将達にサヨナラをしてお店を出た。すると外で沢山《たくさん》の人達が店を囲んでいる。

やはりこのお店が気になっていたものの、色々と躊躇《ちゅうちょ》していたみたいだ。

よし！　ここは最後にアピールしなきゃね！

「ここのお店ね、とってもとーってもおいちいよ！　みんな食べてみてね！」

そう笑顔で伝えると、町の人達は急にデレッとしたり、顔を赤くしたりしていた。

オスッシン食べたかったんだね。

――この後オスッシンは巷《ちまた》で有名店になった。

実はイケメン達がボロ店に入っていったのが珍しく、五人が食べている様子を窺《うかが》っていたのだ。

その後、店から可愛い天使が出てきた！

良いことがありそう！　もしかしたらまた会えるのでは！

そんな感じで人気になったことを、エメラルドは知らない。

「へへ、でもエメはマシュマロがいちばんだよ！」

パパ達と仲良く町へ出かけたの楽しかったね！

✽ハウライト兄様とお喋《しゃべ》り！

「ちゃーめーはーめーハッ!!」

ポンッ。

「…………」

頑張って魔力を込めて放っても、相変わらず萎《しお》れたお花を少し元気にする程度の、私のへっぽこ魔力!!

兄様達くらいとは言わないものの、なんとか並でいいから私にも魔力が欲しい!!　何もできないへっぽこはやだよー！

それにしても――

「うう～ん、これあ、けっちょく、死亡フラグ……かいひしたってことかな」

この前の事件について小説には詳しく書かれていなかったのでわからないけれど、あれがエメラルドが本来殺されるはずの出来事だったのかもしれない。

《昔二人には幼い妹姫がいたが、その姫は事件に巻き込まれ殺された。そのせいで更に二人の間に溝《みぞ》が生まれていた》

もしかしたら……ガーネット兄様とハウライト兄様が《二人一緒》に私達を救出したことが良かったんじゃないかな。

それにブラッドとも本来まだ関わりがなかった。

そうじゃなかったら………私は今頃、殺されていたかも！

本当に今更だけど、背筋が凍り手がプルプル震える。

あくまでも原作である小説は、ヒロイン視点の話だから……魔力のない王族は狙われやすいらしいとかそんなの書かれてはいなかったし、本当のところはわからない。もしかしたら、この先、私の死亡フラグがまだ沢山《たくさん》ある⁉

くっ、一体こんな悪いこと考えているの誰よう⁉

名探偵君みたくこれ以上推理しても、私の頭は回らないわ！

「……はあ……げんちたまのマシュマロたべよ」

私は自主勉強をするため、図書室へ行く。部屋に入ると、真剣な顔で何やら調べ物をしているハウライト兄様がいた。

やっぱり横顔も可愛いー！　何だかんだ言っても小説のヒーローー！　キラキラしてます！

そろーりと足音を立てず、ハウライト兄様の背後に回り叫ぶ。

「ばああ‼　エメだよー！」

「えっ！」

私はハウライト兄様の背中をペチペチ叩《たた》く。兄様は珍しく本当にビックリしたみたいで持っていた本や資料をバラバラと床に落としてしまった。

「あわわっ！　ハウアイト兄たま！　ごめんたい！」

「あはは！　調べ物してたから気がつかなかったよ。エメラルドはそのままジッとしてて？　大丈夫だよ、僕が拾うから」

ハウライト兄様はササッと隠すように床に落とした資料と本をすぐ手にとる。一瞬しか見えなかったけれど……《聖女》、《聖なる血》と書いてあったような……⁇　気のせい、かな？

するとと、ハウライト兄様はニッコリ笑いながら私を抱っこしてくれる。

「さて、小さなお姫様は僕と何をして遊んでくれるのかな？」

「んと、エメとお絵本よもう！　エメね、おちゅちゅめあるよー！」

ハウライト兄様は少し寂《さび》しそうな目になり、私の頭を撫《な》でてくれた。

「……ねえ……エメラルドは……母上が恋しい？」

え⁉　急にどうしたの⁉　ハウライト兄様！　なんか我が家は母という単語、禁止ワードな雰囲気だから何も言わなかったのに‼　ハウライト兄様は恋しいのかな？

「んとエメは、パパとガーネ兄たま、ハウアイト兄たまいるからへーき！　あとアンもいるでしょー、ブアットもいるでしょー！　ユー君もレピさんもいるよ！　プリちゃんともなかよくなったしー、うん！　へーき！」

「……そっかあ。僕もエメラルドがいてくれるから平気だよ」

「へへ、エメといっしょだねー」

き、聞いちゃおうかな？　ハウライト兄様、今なら教えてくれそうだし！　えーい！聞いちゃえ‼

「ハッ、ハウアイト兄たまのママはどんな人？」

するとハウライト兄様はピタッと固まり、少し考えてから何故《なぜ》か寂《さび》しそうに笑った。

「……綺麗な人だったよ。エメラルドのほうが綺麗で可愛いけどね」

「へへ、ハウライト兄たまはもっとキレーよ！　エメ、お絵本もってくゆ！　まってて！」

私はこれ以上は聞かないようにしようと思った。だってハウライト兄様が困った顔をしていたからね。

無粋なことを聞いたお詫びに絵本を読んであげよう！

パタパタと絵本を探している私の姿を見つめるハウライト兄様がポソリと呟《つぶや》く。

「本当に綺麗で……恐ろしい人だったよ……」

この後、私とハウライト兄様は一緒に絵本を読んで楽しかった！　今度はパパ達も一緒に絵本を読みたいね！

✿エメラルドのお茶会へようこそ

「いやー、やはりハウライト王子様はなんでもできますな！　将来が楽しみでしょうがない」

「ありがとうございます。ではあの件についてはまた。僕はこれで失礼しますね」

貴族にニコニコと挨拶《あいさつ》をした後、ハウライトは朝食へ向かった。そこでばったりとガーネットと会い、二人は静かに睨《にら》み合《あ》う。

「……………相変わらずヘラヘラと媚《こ》びるのが上手《うま》いな」

「ガーネットは敵を作るのが上手《うま》いよね」

「…………………お前を見てると腹がたつ」

「……自分だけが可哀想な子だと思ってるみたいだね。君はいつだって一人で決める」

ガーネットとハウライトがお互いの胸倉《むなぐら》を掴《つか》み睨《にら》み合《あ》っているところに、ピーター国王が現れた。

「何している」

バッと二人は手を離す。

ガーネットはピーター国王を無視してスタスタと歩み去った。

ピーター国王はハウライトに声をかけようとしたが、先に彼がキッと国王を見る。

「父上は、僕に何か伝えることがあるのではないですか?」

「ハウライト………私はお前達のことを大事に思っているぞ」

ピーター国王が手を差し伸べようとするのをハウライトはかわし、国王から一歩離れた。

「っ……もういいです。先に食卓の席についています」

レピドライトが溜《た》め息《いき》をつき、隣にいるピーター国王に話しかける。

「……そろそろハウライト王子に真実を打ち明けなきゃいけないいんじゃないんですか？

彼は優秀です。何かしら勘付いてるのではないかと……」

「レピドライト……私は本当に駄目な父だな……」

「それを決めるのは子供達ですよ」

大人二人はしばらくその場に立《た》ち竦《すく》んでいた。


――今日の天気は太陽が眩《まぶ》しいくらいの晴れ！

あぁ、なのに……何故《なぜ》、朝食の時間がこんなに暗くなっているの!?　シンッと静まり返ってる！　ガーネット兄様はなんかボーッとしているし、私達から席を離している！

振り出しに戻ったの!?　レピさんもこの状況に気まずさを感じているみたいだし……

私はつとめて明るく振る舞う。

「へへ、エメ、このふわとろーのオムレチュすてきね！」

「……そうだな」

「うん、そうだね」

ハイ！　みんな心ここにあらず!!

なんか喧嘩《けんか》とかしたのかなあ………最近少し仲良しになれたかなあと思っていたんだけど。

よし、ここは再度、家族交流会が必要だね！

「あーいっ！　エメのお茶会ひらちまーす!!」

パパとガーネット兄様は目をぱちくりして黙って私を見つめ、ハウライト兄様は首を傾《かし》げた。

「お茶会……ちょっと早いんじゃないかな？　五歳になってからがいいんじゃない？」

「へへ、エメね、もーおっちくなった！　はぢめてのお茶会はパパ達に来てほしー」

「「………」」

「エメのお茶会だねー！」

私の後ろにいたレピさんがニコッと笑い、話に乗ってくれた。

「確かにエメラルド姫様も立派な姫君となられましたからね、明日なら三人共お時間あるのでそういたしましょう」

「あいっ！」

そうと決まったら！　パパ達が喜んでくれるように素敵なお茶会にしなきゃ！　ガーネット兄様は甘い物が苦手だからオスッシンかな？　いや、お茶会にオスッシンはおかしいかな。美味《おい》しいお菓子をたっくさん用意して、家族みんなで仲良し作戦！　おー！


お茶会当日。

私はお気に入りのピンクのワンピースにチェック柄のカチューシャを頭につけておめかしをした。

薔薇《ばら》が沢山《たくさん》咲いているお気に入りの庭園でお茶会を開く。

「みなたま、今日はエメのお茶会に来てくえてありあとーございます」

ぺこりと頭を下げて家庭教師達に教えてもらった通りレディらしく挨拶《あいさつ》をした。

ふふ！　レッスン効果はどうかな？　上手《うま》くいったかな？

周りにいたメイドや執事が頬《ほお》を赤らめ私を見守っている。

「こちあは、マシュマロのチョコレートです！　あとはマシュマロけーち、マシュマロプリン、マシュマロのクッキーだよ！　あとね、おくち直しに、オスッシンののりまちだよ！」

ハウライト兄様がクスクスと笑ってくれた。

掴《つか》みはオッケーかな？

「ははっ、全部マシュマロばかりだね」

あ、いつもの優しいハウライト兄様だ。

「……このクッキーだけは甘くないな」

ガーネット兄様用にほろ苦いコーヒー味のも用意したからね！

ガーネット兄様は私の頭を撫《な》でて少しだけ笑ってくれる。

「………エメラルド、素敵な茶会だ」

パパはイケメンオーラを発散している笑顔を私に向けた。

あ、メイドさんが一人二人、滅多に見られないパパの笑顔を見て鼻血を出している！

「エメね！　なかよしなるお歌うたうね！」

私は三人の前で歌を披露した。みんな仲良しになるように想いを込めて歌う。

「♪みんなーきょうもーなかーよしーこよーしねー♪　お手手ーちゅないでー手をとりあい笑顔まんてーん♪　マシュマロまんてーん♪　ふわふわーぷにぷにーかわーいいねー♪　とてもおいちーよ♪　らんらららんらんらーん♪」

パパとガーネット兄様とハウライト兄様はずっと優しい笑顔で私を見つめて笑ってくれていた。

お茶会成功かな⁉　仲良しなれたかな！

──城の中では小さな天使の歌を聞きたいと人々が駆けつけ、エメラルドの周りで家族だけではなく、沢山《たくさん》の人がその可愛らしい歌声に癒《いや》されたのだった。

✽ガーネットのごめんなさい

「あれガーネット王子？　こっちを見てるみたいですよ？」

その日。ユーディアライトは隣にいるハウライトに話しかけた。ハウライトは睨《にら》んでいるガーネットをチラッと見て溜《た》め息《いき》をつく。

「……どうせまた僕に文句があるんだよ。ほら、僕達は急ぎの用事があるでしょ。魔術本を借りたの返さなきゃいけないんだから」

「まあ、今日は確かにからかう暇はありませんからねー」

その後、少し時間が経つ。

カキン！　と剣と剣が交じり合う音が鳴り響く中、汗だくのブラッドと汗一つかいていないハウライトが稽古《けいこ》をしていた。

「ハァハァ……あの……ハウライト王子。剣術の稽古《けいこ》中、申し訳ありませんが、ガーネット王子が遠くで見つめています。何か用があるのではないのですか？」

何故《なぜ》かまたしてもガーネットが遠くから睨《にら》んでいる。

「たまたま通りかかって僕を見つけて憎たらしいんだよ。ほら、それよりもブラッド君、ボロボロじゃないかな？　弱すぎるよ。そんなんじゃまだ僕の可愛いエメラルドを守るなんて無理だよ」

「………っはは、ならあそこで強い眼差《まなざ》しを送っている愛しいお兄様と手合わせでもしたらどうでしょう？」

すると、ハウライトはニコニコ笑いながらブラッドの首元に剣を向けた。

「君、随分《ずいぶん》と生意気になったね、さてもう少しブラッド君の稽古《けいこ》に付き合ってあげるよ」

「げっ!!　ちょっ、まっ……!!　はやっ！」

この時ブラッドの悲鳴が城中響いた……らしい。

そしてまた別の日。

令嬢達に取り囲まれ笑顔で応えるハウライトがいた。彼女達は目をハートにして、必死で自分の存在をアピールしている。

「ハウライト王子様！　今度私のお茶会へ来てくださいませ！　一流のシェフをお呼びしますわ！」

「ええ、是非《ぜひ》。その際は、マリー様の叔父であるシュバーさんにもお会いしたいですと伝えてください」

「叔父ですか？　勿論《もちろん》ですわ‼」

「あら！　私のほうが先ですわ！　ハウライト王子様、先に私とって……ひっ⁉　え、あのあそこにいらっしゃるのはガーネット王子様じゃなくて……？」

ハウライトを取り囲む令嬢達がザワザワと騒ぐ。やがて手をポンと叩《たた》き、納得した顔をしてハウライトに頭を下げた。

「まあ！　ふふ、やはりお二人は仲良しなんですのね！　私達はこれにて失礼しますわね！」

「え……っ」

令嬢達は近くにいるガーネットにも挨拶《あいさつ》をしていなくなる。

ハウライトはハァと溜《た》め息《いき》をこぼし、ベンチで本を読んでいるガーネットのもとにスタスタと向かった。

「僕に何の用？」

相変わらず無表情のままガーネットはハウライトをジッと見つめる。

「……………用は済んだのか」

「え？　今日の用事はもうないけど………」

「…………………」

「……………………………………………………………………………この前は悪かった」

「……………え？」

「「…………………」」

「……えっと………」

そしてガーネットは相変わらず無表情のまま立ち上がり、この場から去ろうとした。

ハウライトはとっさに彼に声をかける。

「あ！　あのさ、モリオン家の！　あの時…………僕一人だったら、あの強力な結界は破れなかった。……協力してくれて………その……ありがとう」

シンと静かになり、二人はただ黙ってお互いを見つめる。

そこへ、ぴょこんとエメラルドが現われた。楽しそうに手を振っている。

「ガーネ兄たま！　ハウアイト兄たま！　エメ発見したよ！　かわいーリスいたよ！」

「……………そうか」

「はは！　エメラルドは元気だね」

この後、エメラルドはガーネットとハウライトと手を繋いで散歩をした。

――この前の険悪な雰囲気はなくなったみたいね！　可愛いリスさんのおかげかな？

良かった。

✽小さな出会い

「ミャー、ミャー……」

「にゃー、にゃー！　ねこたん！」

現在、私は子猫ちゃんとジッと見つめ合い中。

アンのお見舞いに行った帰り、小さな白い子猫ちゃんと出会ったのだ。子猫はプルプル震えながら私にスリスリしてくる。

かっ！　可愛いー!!　何、この子！　可愛い！　もふもふニャンコ可愛い！　肉球プニプニ！

白い子猫ちゃんの尻尾《しっぽ》は二つに分かれていて目は綺麗なブルー、耳はペタンとしたスコティッシュフォールドみたいで背中には星の形をした痣《あざ》がある。

「ねこたん、まいご？」

「ミャー……」

子猫ちゃんはお腹《なか》がすいていたようなので、私は牛乳を用意してあげ、自分の部屋へ連れていった。

「もふもふだねー！」

「ミャー！」

くっ……なんて可愛い生き物なの！　もうこの子は家《うち》の子にしましょう！　そうしましょう!!　パパに相談しなきゃね、飼って良いかどうか！

「エメのとこにきましかー？」

「ミャー！」

「へへ、今日のエメの服とおそろいの白だねー！　エメも白のワンピースよ！」

子猫ちゃんはゴロゴロと喉《のど》を鳴らしスリスリと甘えてきた。

ふわふわもふもふがたまらない！　名前を決めなきゃならないわよねー。んーフィリップ……いやそれは某特撮ヒーローのパクリ。あ！　アルテミス！　いや、これも美少女的な戦士さんが出てきたわ。やっぱり、ふわふわプニプニで白い……それは私の大好物の……マシュマロ!!

「ねこたんのおなまえは……マシュー！」

「ミャー!!」

ペロッとマシューが私の手を舐《な》めた瞬間、白い光が少しだけキラキラと輝いた……気がする？　気のせいかな？

「マシュー、エメとおともらち……ふあ……」

あ……ヤバイ。ふわふわもふもふだから眠たくなっちゃった。マシューも大きなあくびをしている。

へへ、ちょっぴり私達はお昼寝しようね。

――一方、その頃。

「よう！　また遊びに来たぞ！」

「ブバルディア王……この前会ったばかりですよね？　暇なんですか？　しかも護衛なしとは、ありえません」

「ははは！　レピちゃん、違うって。俺こう見えても忙しいんだぜ？　王様だもんよ、それに俺、強いし。お、何？　この黒い巻き巻きしたやつ。うまそー！　それと酒ある？」

オドントクロッサム国の王が城に来ていた。他人の城でまたもや寛《くつろ》いでいる姿を見て呆《あき》れるレピドライト。それをブバルディアは笑って流している。

「………おおかた、魔力で自分の分身を作って抜け出してきたんだろ」

そう呟《つぶや》くピーター国王にレピドライトが固まった。

「は⁉　また貴方はくだらないことに魔力を使ってるんですか？　阿呆《あほう》ですね、あぁ、そうだった。昔から馬鹿と阿呆《あほう》が揃《そろ》うとろくなことがないんですよ！　女性にダラしない奴と根暗な奴。完璧な私がいたからこそ、貴方達は――」

始まったお説教にブバルディアは耳を塞《ふさ》ぎ、お菓子を一口食べる。

「げっ、レピちゃんの説教、長いから勘弁しろよなー」

その時、バタバタドスンドスンと走る音が聞こえ、バン‼　とドアが……一枚壊れた。

「国王様あーん！　大変よん！　なんかあーよくわからないけど、聖獣のホワイトタイガーの群れがこの国に向かっているのよぉおおおん！」

騎士団の団長シャトルが慌てて報告する。

「……レピちゃん、ここの国はオカマを飼ってるのか？」

「彼はアレでも国一番凄腕《すごうで》の騎士なんですよ。アレでも」

「あらやだわ！　イケメンのブバルディア王だわん！　私ったらはしたない！」

「………………シャトル……さっきの報告は本当か」

「ええそうなのん。私の部下から報告があって……聖獣の森を確認したら、確かにそうみたいなのん」

「まったく、何馬鹿なことを言ってるんです。そもそも聖獣の森に住む彼ら……ましてホワイトタイガーは森の長《おさ》ですよ？　勘違いでしょう」

レピドライトがパチンと指を鳴らすと白い玉が出てくる。その白い玉の中には映像が映されていた。

ホワイトタイガーの長《おさ》と思われる聖獣とそれを囲む群れが怒って国に向かって走っている。

レピドライトはくるりと向き直り、眼鏡をクイッとしながら真剣な顔でピーター国王とブバルディア国王に注意した。

「ほら!! 二人揃《そろ》うとロクなことないですね!!」

「え、それ俺らのせいなわけ?」

ぎゃーぎゃーと騒ぐレピドライト達をスルーして、ピーター国王は白い玉の中に見える映像に首を傾《かし》げた。

「…………一体何故《なぜ》、聖獣が怒っているのだ?」

「シャトルとりあえず国民の安全の確保ですね。国の門を閉じて兵を出し、守るように。あと聖教会の者も行かせてください。聖獣の森は彼らに任せているので……ピーター国王これでよろしいですか?」

しばらく経って静かに働き出したレピドライトに、ピーター国王はコクンと頷《うなず》く。

「わかったわーん!! ……おい、てめえら! 行くぞ!」

「「ハッ!!」」

シャトルが廊下に控えている自分の部下達を引き連れていった。

「……………念のため、国全体に魔力結界を張ろう」

ピーター国王はそう言い、人差し指から赤い光を放ち魔力結界を張った。

「しかし不思議ですね。何が起こっているのでしょう」

「レピちゃん! このオスッシン美味《おい》しいんだけど! なあなあ、持ち帰り頼めるかな？」

「貴方少し黙っててください。この阿呆《あほう》が」

「……すいませんした」

「——ミャー！　ミャー！」

「んー…………」

窓ガラスでカリカリと爪《つめ》とぎをしている可愛いマシューに起こされ、私は目が覚めてしまった。何やらもう一度、お外に行きたいみたいだから連れてってあげようかな？

その後でパパのとこに行こう！

部屋から出ると、パタパタと慌ただしく動く兵をちらほら見かける。

「何かあったのかなー、ねえ？　マシュー」

「ミャー」

私はマシューを抱っこしながら歩いていく。その先でガーネット兄様とハウライト兄様が珍しく二人並んでいた。どうやら私を捜していたみたい。

ハウスライト兄様が私に駆け寄ってくる。

「エメラルド！　良かった！　捜していたんだよ！」

「ハウアイト兄たまどうちたの？」

ギュッと私を抱きしめて安心したのか、話を続けた。

「うん、詳しくはわからないんだけど、今、聖獣の群れがこちらに向かっているみたいなんだ。国民もそれを知らされてパニック状態で……とにかくエメラルド無事で……ってその子……」

「ミャー」

「ねこたん！　かあいーね！」

ん？　この子猫ちゃんかい？　可愛いでしょ！　兄様達に紹介しなきゃね！　ガーネット兄様は溜《た》め息《いき》をついてるけど、なんで？

「……………なるほど、原因はこれか」

え？　何がよ？？

「えーと……エメラルドその子なんだけど……」

「エメね、飼いたいの！　ダメかなあ？」

家《うち》は動物、駄目です！　と言われちゃうのかなあ。

前世では祖父母の家が団地で動物を飼えなかったから、猫大好きな私は今世こそ飼いたいの！　兄様達よ、私の味方になってくださいませ！

「………駄目だな」

「エ、エメ大事にすゆよ！　ごはんもちゃんとあげゆの！」

ガーン!!　即答のガーネット兄様！　このもふもふの可愛らしさが伝わらないの⁉

私がすがる想いでハウライト兄様の顔を見ると、兄様は困った顔で説明してくれた。

「エメラルド、この子まだ小さいよね？」

「うん……」

「この子のパパやママ──家族がね、捜しているんだよ。まだ家族の温《ぬく》もりを知らないうちに引き離すの………可哀想じゃないかな？」

「あっ……」

ガーネット兄様とハウライト兄様が私の頭を撫《な》でてくれる。

あー馬鹿だ、私。勝手に自分が可愛いから飼いたいだなんて……そうだよ！　家族がいるなら、ちゃんと一緒にいられるようにしないと！

「ミャー……」

「うぅ……マシュー……かぞくとなかよちが一番だもんね」

そうマシューに話しかけると、ガーネット兄様とハウライト兄様が驚いた顔をした。

「…………名前をつけたのか？」

「……はは、流石《さすが》に僕もビックリだよ……」

「う？　うん？」

「とりあえず、そいつの親がこちらに向かっている。返してやれ」

「あいっ！」

ガーネット兄様が口笛を吹いた瞬間、バサッと舞い下りてきたのは以前モリオン家別荘地で見た黒く大きな鷹《たか》だ。

「ひゃあああああ！　かっちょいー……！」

私はガーネット兄様とハウライト兄様に支えてもらい、マシューを抱いてその大きな鷹《たか》に乗り込む。

「わあああ！　エメ！　とんでゆ！」

「………しっかり掴《つか》まってろ」

「エメラルド落ちないようにしっかりね。僕達に掴《つか》まってね。僕も支えてるから」

「あ、あいっ！　マシューだいろうぶだからね！」

「ミャー！」

二人共、こんな高いのに何故《なぜ》立っていられるんだろう？　バランス良すぎないかな？

流石《さすが》は兄様達だわ!!

町から更に離れ擁壁《ようへき》を過ぎると、その近くに兵達が沢山《たくさん》いた。

あ、シャトル騎士団長さんもいる！　目立ってるなー。すぐわかるもん。

「エメラルド……そいつは聖獣のホワイトタイガーだ」

ガーネット兄様がそう私に教えてくれた。

え⁉　聖獣？　マシューが⁉　どう見ても可愛いもふもふ猫ちゃんよ⁉

「ガーネ兄たまのこの鳥しゃんは？」

「これは聖獣じゃない。私の魔力で作ったものだ」

え、何それ⁉　チートすぎるよ！　兄様よ‼

「聖獣は基本、人間に懐《なつ》かないんだけどね。さあ、あの群れの中にどうやって行こうか。エメラルドに怪我《けが》とかさせたくないし」

下を見ていると、沢山《たくさん》の群れが目に入る。中心は大きなホワイトタイガーだ！　マシューのパパとママだね！

「ガーネ兄たま！　エメ大丈夫よ！　おろして、マシューをかえすよ！」

ガーネット兄様がコクンと頷《うなず》き、鷹《たか》が降りていく。私の目の前には大きなホワイトタイガー二匹とその群れがフーフーと興奮した様子で集まっていた。

ガーネット兄様とハウライト兄様が何故《なぜ》か戦闘モードに入る。私は二人に大丈夫だと言い、マシューを抱っこしながらマシューのパパにペコッと頭を下げた。

「マシューのパパ、ママ、ごめんたい」

聖獣の長《おさ》ホワイトタイガー――マシューのパパさんは、確かめるように私をジーッと見つめる。

大きなもふもふ猫にしか見えないんだけどなあ。可愛い！

「えと、エメね、マシューと一緒なりたかたけど、かぞく一番！　だもんねー」

そうニコッと話すと、マシューのパパはペロンと舐《な》めてくれた。

許してくれたかな？　大丈夫だったみたい！

「『ミュー！』」

そこにぴょこんと現れたのは、マシューより少し大きなホワイトタイガー二匹だ。

これまた可愛らしい！　三人戯《たわむ》れ合ってるのが癒《いや》しだわ。

「マシューもお兄たまいたんだね！　エメと一緒！」

「ミャー！」

「マシュー……またエメと会える？」

「ミャー……」

私とマシューは最後にお別れのハグをした。

「またね！　エメ遊び行くからね！」

そう声をかけると、群れは聖獣の森へ帰っていく。

ヤバイ、また眠たくなってきた。

ハウライト兄様がクスクス笑いながら、私を抱っこしてくれる。

「エメラルド初めて空を飛んで疲れたみたいだね。ゆっくりおやすみ……」

「んー……あいっ……」

空を飛んで正直ビックリして疲れちゃった。マシューとまた会えるといいなあ。

こうして私達は静かに城へ帰った。


――兵や国民の間では、またもやエメラルド姫が聖獣を宥《なだ》めて民の危険を救ったとされた。

「やはり姫様は天使だ‼」

とかなんとか、話が広がったことをエメラルドは知らない。

その一部始終を光の玉で見ていたレピドライトは、首を傾《かし》げながら固まる。

「え？　どういうことですか？　結局、何が……？　何故《なぜ》、姫様達が現れたのです？」

「あはは！　やっぱりお前の国って愉快だなー⁉　しかし、聖獣様を虜《とりこ》にしちゃった姫ちゃんは、更に狙われやすいんじゃないか？」

渋い顔のピーター国王とレピドライトが溜《た》め息《いき》をつく。

「………あの子は本当に母親に似ている……人を惹《ひ》き寄せて……」

そうピーター国王が呟《つぶや》いた。

――マシュー！　またエメと会おうね!!

✽アンの復帰

「――以上のご報告でした」

ガーネットとハウライトの二人は、ピーター国王達は勿論《もちろん》、ユーディアライトとブラッドも知る必要があるかもしれないと、この部屋に呼んでいた。

エメラルドが聖獣に名前をつけた……即《すなわ》ち《契約》したことを伝える。

ユーディアライトは目をキラキラさせて感心していた。

「姫様を捜しまわっていたけど、そんなことがあったとは！　流石《さすが》は姫様！　聖獣と契約なんて、聞いたことありませんけどね！」

ブラッドは少し首を傾《かし》げ、信じられないという表情になる。

「私が聞いたことのある限りでは聖獣と契約できるのは……いえ、できていたのは、伝説でこの世界を作り出したという最初の王と、この国の先代の国王くらいです。何かの間違いでは？」

レピドライトがふぅと溜《た》め息《いき》をついて語り始めた。

「……はあ……それが問題なのですよ。魔力もない姫様が何故《なぜ》、聖獣と契約できたのか。これが世間に知れ渡ると……」

ハウライトが真剣な顔をブラッドに向ける。

「……確実に命が狙われるでしょうね。まだ誰にも知られていないのであれば、このことは黙っていたほうが、問題は――」

ハウライトの後ろに控えていたガーネットが重い口調で話を引き継いだ。

「………聖教会の者にバレている。聖獣の群れと話し合っていた時、私達三人から少し離れていたところで姿を隠し聞いていた」

シンと静かになる空気の中、ムシャムシャとオスッシンとお酒をたらふく飲み食いしているブバルディア。その姿に、「なんでまだいるの？」と、皆呆《あき》れていた。

「あ！　なんなら、俺の国にプリムラの花嫁として迎え入れよっか⁉　これスゲーいい提案だと」

「「「「……………………は？…………」」」」

「んな怒んなくていいのに……さーて！　俺は帰るわ」

「え、本当に貴方、何しに来たんですか？」

冷たい視線を送るレピドライトに笑って、ブバルディアが窓を開ける。

「ピーター！　もうある程度、準備は整った。あとはお前の声を待ってるからなー」

そう言いながらピーターに黒い玉を渡して、一瞬でみんなの前から消えた。

「……父上、あれが、かの女性を虜《とりこ》にしていた華の王なのですか？　というか、あの王、窓から帰っていきましたよ！」

ユーディアライトが信じられないという顔をするものの、レピドライトはコクンと頷《うなず》く。

「……まあ、阿呆《あほう》ですが信頼できるのは確かです。さて子供はもう帰って寝る時間ですよ、後は我々の問題です」

そう言われ、ガーネット、ハウライト、ユーディアライト、ブラッドは帰された。

ガーネットは納得のいかない顔で一人、スタスタ歩く。ハウライトはそのガーネットの腕を掴《つか》みジッと見つめた。

「………一人で何かしようと考えてるだろう？」

ほんの一瞬、少しだけ悲しそうな顔をしたガーネットが目を逸《そ》らす。

「………………別に。気安く触るな」

彼はハウライトの手を振り払い、そう言い残して消えた。

「ガーネット王子は、ぼっち好きなんですよ」

「ユーディアライト……一回黙ったほうがいいと思う」

そう言って、ブラッドは呆《あき》れていた。


——数週間後。

二月十四日、それは乙女の一大事イベントと言える！

「バレンチャインちーっす！　バレンチャインちーっす♪　らららあーん♪　しゅーてきにちーっす♪」

さて！　本日は！　バレンタインの日！　女の子が好きな人にチョコレートを渡す日！

まあ、私は家族とお友達にあげるんだけど。ふふ、マシュマロチョコレートが素敵に出来上がったわ！　メイドのみんなに協力してもらったんだもの！　チョコレートを溶かしてマシュマロつけただけだけどね！

「あら……私の可愛いお姫様は何を作ってるのですか？」

「えっ？」

振り返ると、そこにはアンがいた！

「アン!!　もう体へーちなの!?」

ようやく体調が良くなり、現場復帰となったアン！　本当は死刑と言われてもおかしくなかったのに、パパは以前通りに戻ることを許してくれた。

アン曰《いわ》く、許されてはいないそうだけど、やっぱりアンがいなきゃね！

「へへ、パパ達よろこぶかなー」

「ではプレゼント用に包みましょう。お手伝いいたします」

「あいっ！」

そう……私はこの時、甘く見ていた。バレンタインというのは乙女の戦場なのに!!

それにしても……やっぱアンが復帰してくれて本当に本当に嬉しい!!　おかえりなさい！　アン！

「へへ、みんなにバレンチャインー♪」

アンに手伝ってもらい、メイドさん達に作ってもらったマシュマロリュックを背負う。

その中にチョコレートを沢山《たくさん》入れて準備オッケー！

「アン！　ありあとー！　よし！　パパ達にくばるぞー！　えいこら、わっちょい‼」

パパとレピさんは今日は珍しく聖教会の人とお話でいなかった。なのでまずは、兄様達を見つけてチョコレートを渡そう！　ガーネット兄様のはビター味にしたけど、それでも甘いからマシュマロチョコを受け取ってくれるかな？

キョロキョロと捜していると、ハウライト兄様とユー君が物凄《ものすご》い熱気を出した令嬢達に囲まれているのを見つける。みんなかなりギラギラした目だよ！

「ハウライト王子様！　都一番の有名店のチョコレートですわ！」

「ちょっと押さないでくださる⁉　私が先よ！」

「ハウライト王子様、いつも素敵ですわ！」

特にハウライト兄様は、もうアイドル並にキャーキャー騒がれていた。執事の何人かがハウライト兄様を守っている。流石《さすが》はヒーローだと改めて感じた。

「ユーディアライト様、これは私の気持ちですわ」

「ふふ、受け取ってくださいませ」

ユー君の周りにいる令嬢は全て、彼より歳上のお姉様。ユー君は歳上の子にモテてるんだねー。

「……あ、あのガーネット王子様は甘いのが苦手だとお聞きしましたので甘さ控えめにしております」

近くでガーネット兄様にも、何人か大人しそうな令嬢が頬《ほお》を赤らめて群がっていた。

彼女達はモジモジとチョコレートを渡している。

「去年はガーネット王子様には誰も近寄りませんでしたが、彼の評価も良くなってきたのですね」

感心するアンの横で、私はいつあの戦場に突撃するか迷った。

やはりバレンタインというのは乙女達の闘いね!!

「兄たま達、ユー君、モテモテッ！」

「エメ！」

何かから逃げている様子のブラッドが、私に声をかけてくる。

「ブアット！　エメね、チョコプレゼントよ！」

さっそくチョコレートを渡すと、ブラッドは頬《ほお》を赤らめながら嬉しそうな顔をした。

チョコレートが好きだなんて、まだまだ子供だなあ。

「え、これって……俺に？」

「うん！　あとはガーネ兄たまとハウアイト兄たまとー、ユー君！　パパとレピさん！

アンのもある！」

それに、いつもお世話になっているオスッシンの大将さんや、プリちゃんにも送るつもりなんだよね！

「あらまあ、私の分まで。ふふ、嬉しいです。ブラッド様、貴方様にだけではないようですわね」

「……はは……」

何故《なぜ》かブラッドは肩を竦《すく》める。

マシュマロチョコ沢山《たくさん》食べたいならあげるよ？

そこへ、またまた向こうから騎士見習いの男の子達が現れた。

「いました！　兄貴!!　なんで逃げるんですか！　バレンタインのチョコレートですよ！」

「「みんなで作ったチョコレートです!!」」

ブラッドは青ざめながらそれを拒否する。

「だからなんで男にチョコレート貰《もら》わなければいけないんだよ!?」

あ、それで走って逃げていたんだね。

ブラッドは男の子に人気みたい。原作小説ではミステリアスで女性に人気だったのに、この世界ではいつの間にか男子からの人気急上昇中だとか。

とまあ、今ここは凄《すご》いカオス状態だよ！　よし！

ぴょこんぴょこんと飛び跳ねて私も入れてほしいと主張する。マシュマロチョコ渡したい！

「エメも！　エメここ！」

「エメラルド姫様、危ないですよ！」

大丈夫よ！　アン！　お姉様達よ‼　私もバレンタインデーに交ぜてくださいな！

更にぴょこんぴょこんと飛び跳ねてアピールしていた時、ガーネット兄様とハウライト兄様が私に気づいた。ところが同時に、令嬢の何人かがこちらの存在に気がつかずぶつかってきて、私は転んでしまう。

「「エメラルド！」」

二人の声が重ねて響き渡り、すぐにシンと静かになった。

ガーネット兄様が虫けらを見るような目で騒いでいた令嬢達を睨《にら》む。ユー君も私に気づき、ブラッドも取り巻きを退《しりぞ》けて私のもとへ駆けつけてくれた。

「エメラルド大丈夫？　痛くない？」

「…………怪我《けが》をしてないか」

「姫様！　大丈夫ですか⁉」

「エメ！」

「ハウアイト兄たま、ガーネ兄たま、ユー君、ブアット、だいじょうぶ！」

私、足腰は強いからね！　大丈夫よ！

私は自分で立ち上がり、パンパンとスカート叩《たた》いてVサインをする。ハウライト兄様がクスッと笑った。

「さて……僕の可愛いエメラルドに……なんてことしてくれてるのかな？」

ニッコリ令嬢達に微笑《ほほえ》むハウライト兄様、スッゴイ睨《にら》んでいるガーネット兄様とブラッド、腕を組み怒っているユー君……

え、なんか楽しいバレンタインの空気じゃないよ？　令嬢達、凄《すご》くプルプル震えて涙目になっているよ‼

「あっ……も、申し訳ありませんわ……エメラルド姫様……わ、私達……」

「俺らも周りを見ないで……はしゃぎすぎていました」

みんな私に深々と頭を下げてくれる。私は気にしていないから、あまり落ち込まないでほしいな。

「みんな、兄たま達ちゅきなんだもんねー、エメもちゅきよ！　バレンチャインたのしーね！」

そう言って私がニッコリ微笑《ほほえ》むと、キュンッと頬《ほお》を赤らめた令嬢達はこちらを見つめた。

「まあ……なんて可愛らしい……」

「俺ら……男にあげるよりかは……」

「あの、チョコレート返してくれませんこと？」

「私も」

ゾロゾロと令嬢達が自分が渡したチョコレートを取り返し、それを何故《なぜ》か私にくれる。

え？　いーの？　あれ？　私？　こんなに沢山《たくさん》‼

ガーネット兄様、ハウライト兄様、ユー君は目をぱちくりして驚き、ブラッドだけはガッツポーズをしていた。

「私もエメラルド姫様に差しあげますわ」

「え！　エメにくれるの⁉　なら、エメもみんなにマシュマロチョコあげゆ！　沢山《たくさん》沢《たく》山《さん》あるの！」

なんか知らないけど、大量のチョコレートゲットしたよ！　やった‼

令嬢達がチョコレートを渡して帰っていった後、私はリュックからマシュマロチョコを出し四人に渡す。

「エメのバレンチャインチョコ！」

「今年のバレンタインチョコレートはエメラルドのチョコレート！　嬉しいよ！　ありがとう」

「姫様からのチョコレート！　ありがとうございます」

「男からより断然！　いや、もうエメからのというのが嬉しい」

ガーネット兄様はただ黙って私の頭を撫《な》でてくれた。

――今年のバレンタインチョコレートを沢山《たくさん》貰《もら》った勝者はエメラルドでした。

この後、私はパパとみんなでマシュマロチョコレートを仲良く食べる！

因《ちな》みに、大量に貰《もら》ったチョコレートは、虫歯ができるからとアンに没収されたのでした。

第六章　へっぽこ姫の大冒険　聖教会の黒い秘密編

✽秘密の友達

「やはりあの聖教会のベリル・コーネルピンは食えない奴ですね」

「…………そうだな」

ピーター国王はブバルディアから以前貰《もら》った黒い玉を眺めていた。

「だが、ある程度証拠は揃《そろ》った。あとは向こうがどう動くか……」

レピドライトが珍しく頭を抱えながら、国王にとある書類を渡す。

「聖教会で神の子と崇《あが》められている男の子が今ここに来ているとか。下手にこちらからは動けませんね」

「……〝奴〟の息子か……名前は確か……」

「リビアングラスです」

――今日の天気は晴れ！　お散歩日和《びより》だね！

「あまり遠くまで行っては駄目ですよ」

「あーいっ！」

私は白い花が沢山《たくさん》咲いた綺麗な道を歩く。ふいに鐘の音が聞こえた。

そちらへ行くと、綺麗な教会がある。

結構近いところにあるんだなあ。

近づくと、庭で男の子が倒れているのが見えた。

「ちゃいへん！　だいじょーぶ⁉」

私は少年の体を揺さぶる。すると、男の子の目がパチリと開いた。

髪は珍しい綺麗な白。お爺《じい》ちゃんとかそういうのではなくて……とにかく光輝いている白の髪に白い肌。目の色は左右で違う、左が赤で右が黒色……。歳は兄様達と一緒くらいかな？

少年はボーと眠たそうに私を見つめた。

「えと、おにーたん……寝てたの？　ごめんたい」

「……君……誰？」

「エメラルド！」

「……知らない子」

「エメもおにーたん知らない！　あ！　でも今日からお知りあいよ！」

彼は「変な子」とクスッと笑ってくれる。

悪い子じゃなさそう！　お友達になれるかな⁉

「エメのマシュマロたべゆ？　お友達のしるしよ！」

するとピタッと固まった少年が不思議そうにマシュマロを持ち、再び私をジッと見つめた。

「………僕と友達……」

「うん？　そー！　マシュマロは全世界を救うくらい、おいちいよ！」

少年はマシュマロを食べたことがないのか、迷っている。私が手本としてマシュマロを食べてニッコリするとようやく、少年も食べてくれた。

「……やわらかい」

「へへ、エメの大好きなおかちよ！」

「へぇ……」

「いっちょにおさんぽしよ！　エメ、教会のまわり歩くのはぢめて！」

「いいよ」

私は少年の手を握り、一緒にお散歩をした。

風がほんのり吹いていて気持ちが良い。

その時——

「ピーピー！」と苦しそうな鳴き声が聞こえる。声がするほうへ行くと、黄色い鳥さんが怪我《けが》をしていた。

「わわ！　いたそう！　鳥さんだいろーぶですかー！」

「…………」

少年は一歩も動かず、首を傾《かし》げて私を見つめる。

え？　どうしたの？　何か顔についてるかな？

「鳥さんケガしてて、かあいそーね」

「…………かわいそう……」

このまま、また動物を持ち帰ったらこの前のようにみんなに迷惑をかけちゃうだろうしなあ。

悩んでいる時、アンの声が聞こえてきた。

「エメラルド姫様ー！」

返事をしようとした私の口を少年が人差し指で塞《ふさ》ぎ、怪我《けが》をしている鳥を持ってくれる。

私の代わりに手当てしてくれるのかな？

「……僕と会ったことは内緒」

「あいっ！　へへ、エメ達ひみちゅの友達！」

「………………うん」

「またあちたの午後会いにくゆね！　あそぼーね！　あいっ、やくちょく」

私と少年は小指と小指を絡めて約束をする。

「じゃあまたね!!　バイバイ！」

私は大きく手を振り、少年と別れた。

あ！　名前聞くの忘れた！

もう一度話そうと振り返ると、少年はもういない。

明日……会えるからいっか。


――少年は鳥を抱きながら、教会の中へ入った。目の前にはドアなどない。

だが、彼が手をかざすとドアが現れ、静かに開く。それは地下に続いていた。

教会の者が慌てて少年に駆け寄り、ペコペコと頭を下げる。

「リビアングラス様！　どこにおられたのです⁉　あぁ、貴方様は神の子なのですから！」

「……………僕が間違えてるの」

「い、いいえ！　神の子の貴方様が絶対に正しいのです！」

「ほほぉ。リビアングラス様もたまには外の空気を吸いたいのだろう」

「ベリル様！」

地下から現れたのは、聖教会のトップであるベリル・コーネルピンだ。ベリルは怪我《けが》をしている鳥を見て少年に尋ねた。

「……それはいかがなさいました？　生贄《いけにえ》用でございますかな？」

「ピーピー！」

リビアングラスと呼ばれた少年は、バタバタと騒ぐ鳥の頭を優しく撫《な》でて、落ち着かせようとする。

「…………〝かわいそう〟だから手当てする」

教会の者達は「あぁなんと慈悲《じひ》深い方」と涙を流して感動していた。そんな様子に少しだけ溜《た》め息《いき》をつき、リビアングラスは彼らを無視して自分の部屋へ戻る。

そして、怪我《けが》をしている鳥に白い光を放ち、たちまち治癒《ちゆ》した。

鳥はバタバタと喜んで飛びたつ。

「…………良かったね」

「ピーピー！」

暗い地下室の部屋で鳥と話をする少年が、そこにいた。

✽エメラルドの夢

本日。突然ユー君が自分の夢について語り出した。

いや、週に一度は必ず語るユー君です！

「やはり僕の将来の夢は、この国の立派な宰相ですね！」

自信満々に夢を語るユー君に少し呆《あき》れているブラッド。彼はユー君を無視して剣の素振りをしている。

代わりに私を抱っこしているハウライト兄様がニコニコと笑顔で話した。

「僕はエメラルドが幸せならいいかな」

ハウライト兄様よ！　くー！　キラキラした笑顔がまた可愛いよ！

「ブアットはー？」

汗を垂らしているブラッドはハウライト兄様がいるので紳士モードの口調で答える。

「私はやはり騎士団長となるのが夢ですかね」

原作小説では、立派な魔術師となりガーネット兄様の配下になるのが目標みたいなことを言っていたよね？

ブラッドは原作とは違う方向に進んでいるものの、悪い子にはなっていないから、いいよね！

「ガーネット王子はこの国の王様でしょうね！」

そうユー君は話すけれど、ハウライト兄様の前でそんなこと言わないでー!?

最近ガーネット兄様はお出かけが多くて、ちょっぴり寂《さび》しい。おかげでハウライト兄様と仲良し作戦がなかなか進まないのも悔しい！

「エメラルドは何になりたいのかな？」

ん？　私？

「んーパパ達となかよち！」

「うん、それも大切だね。ただ将来、何かなりたいものはないのかな？　まあ、まだ小さいし、エメラルドはこれからゆっくりと、沢山《たくさん》の人と出会ってその中で何になりたいのか決まればいいね」

「あいっ!」

今の私の目標は、家族みんな仲良しになること!

でもヒロインが現れて、死亡フラグが折れたら……私は何になろうかな? 絵の才能を活かすか! 大好きなマシュマロ屋さんかなー⁉ 迷うね!

午後になり、お昼寝の時間になる。私はアンに添い寝された。けれどしばらくして、アンが私の部屋から出ていく。

パチッ。

「よち……!」

私は、ダミーとしてベッドにマシュマロ一号人形を置き、布団を被《かぶ》せた。マシュマロリュックにヘソクリのお菓子を入れて、あの少年が待つ教会へ向かう。

私がパタパタ走っていくと、また教会の鐘が鳴る。昨日出会った場所に少年はいた。

怪我《けが》をしていた鳥さんもいる!

「鳥さんのケガなおってゆ!」

ちょっぴり声が大きかったのか、少年は驚いた表情をしたが私の顔を見るとニッコリ微笑《ほほえ》んでくれた。

可愛いというか、綺麗に笑うなー。なんていうか女神様みたい! あ、でも男の子だから違うか！　それに、よくわからないけれど親近感があるんだよね！

「エメ、おにーたんのお名前ちくの忘れてたよ」

「……リビアングラスだよ……リビアって呼んで」

「あいっ！　エメのこともエメでいーよ！」

「うん」

私とリビアは仲良く一緒にお菓子を食べる。リビアはどのお菓子も初めて見ると驚いて、美味《おい》しそうに食べていた。

「あ、リビアは将来何なりたーい？」

私は前世でこそ漫画家になりたかったけど、今は何になりたいと聞かれてもマシュマロとしか思い浮かばないんだよねえ。

リビアは黙って鳥さんの頭を撫《な》でながら考えている。

「……………鳥になりたい」

可愛らしい夢だね！　鳥は空を飛べるからねー！

「鳥さん素敵！　へへ、エメね、いっぱいいっぱい考えたけどね、やっぱりマシュマロ屋さんかもー！　パパと兄様達、みんな笑顔でなかよちなれるのが嬉しいもん！」

「鳥になったら……色々な国を回りたい」

おー！　確かに色々な国を回るのは楽しそう！　旅だね！　旅！　ロマン溢《あふ》れるね！

「あっ！　そりならそのとき、エメはマシュマロ屋さんなって一緒に色々な国まわろうよう！」

本当に家族仲良しになれたら、その次の目標はマシュマロ屋さんだね！　各国のマシュマロがどんなものか気になるしね！　沢山《たくさん》元気を与えられるマシュマロ屋さんに、私はなろう！　決めた！

「………僕と？」

「あいっ！　マシュマロよ！」

リビアがクスッと笑って頷《うなず》く。

「エメはマシュマロ屋さんというより、マシュマロになりたいみたい……」

「へへ、あたりかもー！」

私とリビアはまだ先にある将来の夢について語り合った。

――マシュマロ屋さんになったらみんなと各国を回るのが楽しそーよ‼　あとでパパに私の夢を教えてあげなくちゃね。

✿家族と初めてのおねんね

――城が……町が……沢山《たくさん》の炎に囲まれている。どんなに前に進もうとしても、進めない。熱くて、周りが見えなくて、誰もいない。

「パパ……どこ？　ガーネ兄たま、ハウアイト兄たま……みんな」

呼んでも誰も答えてくれない。ふと足元を見るとみんなが血だらけで倒れていた。

嘘《うそ》っ⁉　ガーネット兄様も血だらけ。ハウライト兄様もその先で血にまみれ倒れている。

あぁ……なんてことだろう……パパが…………死刑にされそうになってる！

炎の先には一人の男性が剣を持ちパパの後ろに立っていた。

その顔は見えない。

やめて……‼　嫌だ！　私のパパを殺さないで‼

「ハッ！」

目が覚めたら朝だった。

なんか……怖い夢だったな。

朝食の途中でぼそっと呟《つぶや》く。

「エメ、今夜はパパとガーネ兄たまとハウアイト兄たまと一緒におねんねちたいな」

「「「…………」」」

え、朝食中に言っては駄目だったかな?? なんで三人共固まっているの? 突然すぎたのかな? あれ、駄目? 駄目かい?

レピさんがお腹《なか》を押さえてなんか笑っている。

「なかよちに……おねんね……だめ?」

最近アンの子守唄を聞いても怖い夢を見るから、正直パパ達にそばにいてほしいんだよね。

パパがコーヒーを飲みながら、コクンと頷《うなず》いてくれた。

やった! あれ? 初めてじゃないかな? パパの寝室!

「うん、エメラルドの頼みなら僕は構わないよ」

うあああ! ハウライト兄様の笑顔がまたまた可愛い。天使だよ、君は!

さて……もう一人の天使さんはどうかなあ?

チラッと見ると、明らかに嫌がっている顔!!

嫌なのかな!? ガーネット兄様よ! みんなで布団で寝るのいいと思うよ!

「ガーネ兄たまっ……おねがいちまつ」

「…………っ！　…………今回だけだぞ……」

「あいっ!!」

初めての家族川の字だ!!

「ピーター国王……嬉しいのわかりますが、それ飾りの花です。食べ物ではありませんよ」

隣にいたレピさんがソワソワしているパパにすかさずツッコんでいた。

夜になり、私はマシュマロ一号人形と一緒にパパの部屋の前へ来た。

ちょっぴりドキドキするな。ほら、恋人の部屋に初めて来てドキドキ？　みたいな！　…………うん？　ちょっと違うか。

「しちゅれーしまーす！　エメだよー」

「…………来たか」
パ、パパさんよ!!　なんちゅー！　なんちゅー、ガウン姿よ!?　エロ！　え？　やだ、これ普通の女性ならもうイチコロだよ!?　全国のＯＬさんを狙っているの!?　本当に子持ちなのかな!?　何その無駄に放つイケメンフェロモンは!!
「エメラルド待ってたよ」

「………」

ハウライト兄様はシルクの白いパジャマでガーネット兄様は黒いパジャマ姿。……可愛い！

これが原作ではヒーローと悪役。なるほど、白と黒で分けていらっしゃるのですな。

ふむ。この三《スリー》ショットは贅沢《ぜいたく》だね！

「チャメ……撮りたいー」

にへらしている私に首を傾《かし》げる三人だった。

広い深々としたベッドに左からハウライト兄様、パパ、私、ガーネット兄様の順に並んで寝る。

何だかみんなぎこちない動きだ。ハウライト兄様は照れてるのがまた可愛いー！

部屋を薄暗くし、シンと静かになる。こういう時はお喋《しゃべ》りが弾むはずなのに、みんな静かよ！

パパはもう寝たのかな？

チラッと見ると、めっちゃ目開けてる。暗がりでもわかるよ！　いや、怖かった！

パパとハウライト兄様は仰向《あおむ》けになり、ガーネット兄様はこちらに背中を向けて寝ている。

寝顔を見られるのが嫌なのかな？　それにずっと黙っているということは、先に寝ちゃったのかな⁇　でも、やっぱりこういうの嬉しいな！

「へへへへっ」

「……どうした寝れないのか？」

「エメラルド、凄《すご》く嬉しそうだね」

「エメ！　おねんね、すっごくうれちいよ‼　いい夢みれそー！　おやちみ、パパ、ガーネ兄たま、ハウアイト兄たま」

みんな良い夢を見られますように‼

――チュンチュンと鳥の鳴き声と朝日が眩《まぶ》しく部屋に差し込んでいた。ピーター国王はそっと目を覚まし、隣にいる娘と息子達に愛しそうに声をかける。

「……ガーネット、ハウライト、エメラルド……おはよう……」

「おはようございます。ピーター国王」

何故《なぜ》かレピドライトがベッドに一緒に横たわっており、眼鏡をくいっと持ち上げた。

「………………」

「王子と姫様達はもう既《すで》に起きて、朝食中ですよ。さあ起きてください」

「…………何故《なぜ》お前も寝る必要ある」

「ただの嫌がらせです！」

――家族と一緒に寝られて幸せでした!!　また……お願いしたいな！

✽パパいってらっしゃい

本日の朝食は、チーズオムレツに採れたて新鮮野菜とかぼちゃのスープ。とても美味《おい》しい！

パパの後ろに控えているレピさんが、明日からパパは同盟国との主要会議により三日ほどいないと教えてくれた。

会議場所はここから一日かかる場所だそうだ。『癒《いや》しの木』という古くて大きな、精霊から見守られている有り難い木があり、その下に各国の王様達が集まって会議をするらしい。

「エメ達おるすばん？」

パパは無言でコクンと頷《うなず》きながら私の頭を撫《な》でてくれる。

レピさんは今回一緒に行かないで溜まっていた仕事を片付けるとのこと。

パパ出張かー……今まで離れたことないから寂《さび》しい。あれかな、出張でパパがいない間の子供はこんなにも寂《さび》しんだなあー。レピさんは何故《なぜ》か喜んでるけどね。

「……でね、エメのパパ明日からいないんだー。あ、マシュマロたべゆ?」

「エメが食べなよ」

今日もお昼寝時間にこっそり部屋を抜け出してリビアと遊んでいた。今日はリビアのために玩具《おもちゃ》を持ってきたんだよね!

「エメね、リビアにいろいろおもちゃね、もってちたよ!」

マシュマロリュックから取り出して、リビアに渡す。リビアは不思議そうに玩具《おもちゃ》を眺めた。

「これ……何?」

「マシュマロスティックよ!　変身よう!　それね、正義のびしょーじょの戦士になるやつ!」

「へえ、なんか変わってるね。これは?」

あ!　それはリビアと一緒に遊ぼうとしていたやつ!　前世でも同じ玩具《おもちゃ》があると発

見したんだよね！

「ちゃぼん玉よ、それ！　エメ、リビアと一緒にやろうと持ってきたの！　わっくわくするよー！」

私はふぅと息を吹きかけて、沢山《たくさん》のシャボン玉を作る。大きいのやら小さいのやら、透明な玉がふわふわ浮いて空に向かって飛んでいった。

リビアがキラキラした目でシャボン玉を見つめる。喜んでいるみたいだし、持ってきて良かった！

「魔力で作ったわけでもないのに……凄《すご》いね……」

「リビアもやろー！」

「うん」

リビアはシャボン玉がパチンとはじけると少し悲しそうな顔になるものの、またシャボン玉を作って飛ばしては頬《ほお》を赤らめて嬉しそうに笑う。

「これ……僕の母上と父上に見せたら……喜ぶかな」

そして、ポソッと呟《つぶや》いた。

「リビアが作ったちゃぼん玉ならパパママよろこぶよ！」

「………そうだといいけど………」

そういえば、リビアは一人で教会に何しに来ているのかな？　パパやママは教会関係の人??

リビアにそう聞こうとした時、ゴーンと教会の鐘が鳴り響く。リビアが教会のほうを見て残念そうな顔をした。

「……そろそろ帰らなきゃ」

「むー残念！　あちたは？　エメ、パパにいってらっさいと伝えてからまた会えるよ！」

「………明日………」

リビアが少し難しい顔で私の手を握る。

「エメ……僕とこの国を出よう。マシュマロ屋さんになれるよう協力する」

突然、変なことを言い出すリビアに私はビックリした。

え、マシュマロ屋さんってすぐなれるの？　やった！　ではなくて……えーと、どうしたんだろ?? リビアの手が少し震えている気がする。

「えと、んーと、エメね、パパ達と離れうのまだイヤかなー。マシュマロ屋さんはもーすこち、おっちぃくなったらだね！」

まだ私には家族を仲良しにするという一番の目標があるからね！　ごめんよ！

リビアは残念そうな顔をしながら私の手を離した。

「そっか……そうだよね……家族大好きだってエメ言ってたね」

「うん！　ごめんね？」

「……なら……これあげる……」

リビアは自分がつけている、綺麗なロケット付きのネックレスを私につけてくれた。

「これ、なーに？」

「……お守り……エメを守ってくれる」

「へへ、ありあとー！　あ、んじゃあエメのちゃぼん玉グッズあげゆ！　じゃあまたね！」

「…………うん……」

私達はまた会おうと約束をした。


次の日。

パパは王族専用の大きな馬車に乗り、私はパパを見送るため、ガーネット兄様、ハウライト兄様、ユー君、ブラッドと一緒に門の外に出た。

「王族専用の馬車凄《すご》い豪華だな！」

「こんな大きな馬車……どうやって動くんですかね？」

ブラッドとユー君は馬車を見て驚いている。

私もビックリだよ！

「ガーネット、ハウライト、エメラルド……良い子でいるように」

「父上いってらっしゃい」

ハウライト兄様は笑顔でパパを見送っているのに、ガーネット兄様はパパを無視している。あれ、なんで目の下にクマができてるの？

「……ガーネ兄たま？　だいろーぶ？」

そう声をかけると、ガーネット兄様はコクンと頷《うなず》いて私の頭を撫《な》でてくれた。

「ハンカチ持ちましたか？　書類は？　必要なものは全て馬車の中に入れておりますが、大丈夫ですか？　あぁそれと変なものを拾わないでくださいね！」

「…………レピドライト私は子供でないぞ。……私が留守の間は頼む」

そうパパが呟《つぶや》くと、レピさんが応える。

「かしこまりました」

「パパ！　いってらっさい!!　エメちゃんといい子でお留守番ちてるから！」

パパはニコッと笑う。

「出せ」

そう言った瞬間、馬車がふわふわ浮き、すぐに飛んでいった！

え、飛ぶのかいな⁉

私は馬車が見えなくなるまで、ずっとずーっと空を見ていた。

パパ気をつけていってらっしゃい！

✿捕らわれた兄弟とマシュマロ

「リービーアー！　エメちたよー？」

パパの見送りが終わり、私はリビアに会いに行った。けれど約束をしたのに……いない！

「……わすれんぼうちちゃったかな……」

新作の苺《いちご》マシュマロを一緒に食べようと思っていたのにな、残念‼

そこに突然、声をかけられる。

「……ここで何をしている」

「ぎょぎょ⁉　ガッ、ガッ、ガーネ兄たま‼」

振り向くと、ガーネット兄様がいた。

気配にまったく気がつかなかったよ⁉　え、あれ！　リビアのこと、バレてはいないよね⁉

ジーッと私を見るガーネット兄様こそ、教会付近で何をしているんだろう？

「えへへ、エ、エメはマシュマロの女神たまと、一緒にマシュマロを食べちゃおかなーってなの！」

「………教会には近づくな」

「え、あ、あいっ！」

ガーネット兄様よ！　ごめんなさい、何回も来てます！

ガーネット兄様は私を抱っこして部屋まで送ってくれた。

今日の夕食はブラッドとユー君も一緒にということで招待している。

私がパパと離れて寂《さび》しそうだったから、夕食の後は運動がてらみんなで庭先を少しお散歩しようと約束していた。

すぐに、その夕食の時間となる。

ブラッドとユー君はご飯が美味《おい》しいと言って、沢山《たくさん》食べてくれた。

ふふ、我が家自慢のシェフですからね！

「そういえば父上はまだ仕事ですかね？」

ユー君がハウライト兄様に質問する。

レピさんはパパの代わりに書類に目を通しているとのこと。一緒にご飯くらい食べられれば良いのにね？

「私はレピドライト様に用があってついていられないので、くれぐれも危ないことは駄目ですよ？」

「アン、あーいっ！」

アンに少し散歩をしたらすぐ戻る約束をし、夕食を終えた私達は庭先へ散歩に出る。

夜のお散歩って気持ちいいーね！

私はお気に入りのマシュマロ一号を持ちながらスキップした。

「ねーユー君、ガーネ兄たまは……来ないのかな？」

「ガーネット王子はそのうち来るんじゃないですか？　姫様のお誘いを断ったことなんてないじゃないですか」

「人使いの荒い王子ですけどねぇ」

ユー君よ、そうなのかな？　そしてブラッドは遠い目をしているけど、何かあったのかな??

でも確かに最初は無視されることもあったけど、ガーネット兄様は今じゃすっかり優しいお兄様なんだよね！　隣にいるハウライト兄様も、優しいのにどこかよそよそしかったのがなくなったし！

「へへへ、すてちー」

「エメラルド少し寒くなってきたし、中に入ろうか」

そう言って、ハウライト兄様が私を抱っこした瞬間——

ドン!!　と大きな爆発音がし、地面が揺れた。

「な、なんですか⁉　今の音は⁉」

ユー君がビックリして眼鏡を落とす。

「……向こうから変な気配を感じる」

ブラッドがキッと城から見える都の先を睨《にら》んで、腰にさげていた剣を構えた。

え？　何が起こったの⁉

急な大きな音に城内がバタバタし始めている。

また聖獣さん達の群れとか⁇　私、今回何もしていないよね⁉

私が不安がっていると、ハウライト兄様が頭を撫《な》で「大丈夫だよ」とニッコリ微笑《ほほえ》んでくれた。

「「あっ!!」」

ふいにユー君とブラッドが空を指さして叫ぶ。上を見ると黒い鷹《たか》に乗っているガーネット兄様が眉間《みけん》に皺《しわ》を寄せていた。すぐにこちらに降りてくる。

「……エメラルドを連れてここから逃げろ。都にいる民も避難している。一緒に行け」

「はい!? 意味がわかりませんよ！　一体何があったのです!?　って、未来の宰相である僕を無視ですかい！」

ギャーギャー騒ぐユー君を無視してガーネット兄様はブラッドを見つめた。

「…………ブラッド」

ジッと見つめるガーネット兄様にブラッドはハアと溜《た》め息《いき》をつく。急にかしこまって膝をつき、頭を下げた。

「……かしこまりました、ガーネット王子」

え、もう本当に意味がわからないよ！　誰か私に説明して!!

ずっと黙って話を聞いていたハウライト兄様がガーネット兄様の肩を掴《つか》む。

「…………どこに行こうとしてるわけ？」

「……貴様には関係ないことだ」

「また君はー……どうしてっ」

言い争いが始まろうとした時、兄様達は何かに気づいてバッ！　と空を見上げた。

フードを被《かぶ》った怪しい人達が二人いる。上からガーネット兄様とハウライト兄様、私達を捕らえようと大きな網が降ってきた。

ハウライト兄様は瞬時に、抱いていた私をブラッドに渡す。ガーネット兄様とハウライト兄様だけが網に捕らわれた。網にはビリビリ！　とした強い電気が流れていたらしく、二人は気絶してしまう。

嘘《うそ》！　ガーネット兄様！　ハウライト兄様！

「流石《さすが》のあの王子達でもこの魔力封じの網には敵わないみたいだな。よし！〝姫〟を捕らえた！　行くぞ！」

「こあー！　わたち、ここっもが!!」

え!?　何が行くぞなの!?　いや、私ここよ!?

私はブラッドに口を塞《ふさ》がれた。

「少し黙って」

「もが！　ももんがもが!!」

「わかってる！　でも今の俺達では敵わないだろ！」

「ブラッド君、よく姫様の言ってることがわかりますね。それにしてもあの怪しい人達は、何を思って姫様を捕らえたと……」

私達は空を見上げて、少し彼らを追いかける。

気絶した兄様二人と…………マシュマロ一号が捕らわれてしまった!!

「あれは……マシュマロ一号ですね」

「……マシュマロ一号だな」

「ガーネ兄たまっ！　ハウアイト兄たまっ！　……マシュマロいちごー！」

——その頃、優雅に紅茶を飲んで一休みしていたレピドライトは、外からの気配を感じ取り、「おや、賑《にぎ》やかなお客様が来たようですねぇ」と呟《つぶや》いていた。


✽レピドライトはおこ！


ピーター国王が『癒《いや》しの木』にたどり着いたのは、夕方の五時過ぎだった。そこには既《すで》に各国の王達が集まっている。勿論《もちろん》その中にブバルディア王もいた。

「ピーター！　あれ？　レピちゃんいないのか？」

コクンと無言で頷《うなず》くピーター。彼がオドントクロッサム国のブバルディアと一緒に席に着くと、中華風の服装に黒髪の美女——遙《はる》か東側にあり、美に力を入れていることと長寿で有名なペラルゴニウム国の女帝・ハナナと、勉学に力を入れている砂漠の国フリージア国の王・ナグサが口を開く。

「なんじゃ……妾《わらわ》よりも後にお主達が着くとはな。あの陰険眼鏡はいないようじゃのぉ」

「陰険眼鏡って、レピちゃんね！　いない、いない、いない！　ハナさん今日も美しいね、今度デートしない？」

ハナナの手を握るブバルディアを彼女は冷たい視線で流し、その手を振り払った。

「お主は変わらぬ男よのぉ。して、ピーターは……相変わらず無表情でわからんのはあと溜《た》め息《いき》をついて呆《あき》れる。

「ブバルディア王！　貴方はもう少し王としての振る舞いを覚えてはどうだ！　百歳になる年寄りをナンパなんぞしてどーする！」

「む！　なんじゃ！　お主は妾《わらわ》を馬鹿にしておるのか？　ババアと言いたいのかえ？」

「い、いや、ハナナ女王。わ、私はただ！　会議を進めたくてだな！」

「ナグサ……お前そういう固いこと言うからレピちゃんに負けるんだぜ？　今日レピちゃんいなくてホッとしてるだろ？　いつもネチネチ虐《いじ》められてるものなあー」

ギクッとした顔をするナグサ王をからかうブバルディア。ピーターはギャーギャーと騒ぐ三人が落ち着くまで黙って待っていた。

「ハァハァ……さて……話を進めようか」

「……久しぶりとはいえ、はしゃぎすぎたみたいだな」

「お主も少しは黙っていないで……ん？」

そこでハナナ女王が周りを見渡し、首を傾《かし》げる。

「はて？　他の王達はちと遅いでないか？」

「「……」」

その時、物凄《ものすご》い殺気を感じ、四人は立ち上がって身構えた。四人の前に現れたのは、返り血を浴びた白く長い髪色の男性だ。

「……モルガ……やはり来たな」

ピーターはこうなることがわかっていたかのように、モルガと呼ばれる男性に話しかける。ナグサ王は剣を取り出して威嚇《いかく》した。

「反逆者軍と言われているモルガか！　貴様何しに来た！」

モルガはクスクスと笑いながら空席に座る。

「同盟国の王達が集まると聞いて、私も交ざろうと思ってな……」

ブバルディアが真剣な顔でモルガに注意した。

「仲間はずれが嫌だからといっていじけるな！　仲間になりたいなら、ちゃんと交換日記からだろう！」

「……ブバルディア、お前はいつもふざけたことを言うな！」

「モルガ……お主、何しに来た……いや……むしろ今回はピーターに用があるみたいじゃのぉ？」

四人全員に対し、モルガは余裕な笑顔を見せる。

「この世界に王など必要ない。王ではなく神が必要だ。……さて、そろそろ我々の配下がピーター、まずはお前の国へ攻め入っている。私の息子と呼ばれている道具もお世話になってるよ」

「「なっ!!」」

ハナナ女王とナグサ王は驚いて声を上げた。

一方、ニヤニヤしながら語るモルガをずっと黙って見つめるピーター。モルガは笑いながら、まだ話を続ける。

「動いちゃ駄目だからな？　ピーター国王よ。少しでも動いたら、すぐ近くの隣国、オドントクロッサム国の王族と民を殺す準備をしている兵を出す」

「なんと卑怯《ひきょう》な……！　お主……一体何故《なぜ》このように変わったのだ！」

そこで初めてモルガがピーターを睨《にら》みつけた。

「王になったからといっていい気になるな」

「万事休す……なのか……！」

ナグサ王が悔しがるが、当のブバルディア王はピーター国王の肩をトンと叩《たた》く。

「え？　ピーター行けよ？　俺、大丈夫だから」

「……は？」

ナグサ王とハナナ女王がポカンと口を開く。ピーターだけはただ黙っていた。

その反応に、眉をピクンと動かしたモルガは、ふざけた態度のブバルディアが気に食わないという感情をあからさまにする。

「ブバルディア、聞いていなかったのか……お前の国にも――」

「あはは！　だからいいよって！　だって本体の俺、ちゃんと自分の国にいるし？」

「お、お主っ！　まさか！　分身で来たのか⁉　各国の会議じゃというのに、お主は分身で来たのかえ⁉」

「ハナちゃん、……俺さ……面倒だったから。んじゃ！　ピーター！　先帰るわ」

「おぬっ！　面倒とは何事じゃ‼　って消えた‼　あやつ！　いつか絶対、罰《ばち》が当たるぞ！」

モルガがピーター国王を睨《にら》み叫ぶ。

「ちっ、ピーター国王！　だが、お前の国は終わりだ！　愛しい子供達もな！」

そこでようやく、ずっと黙っていたピーターがクスクス笑う。一人で笑うピーターに若干引くハナナ女王とナグサ王。

「モルガ……私は貴様がここに来ることを予想していた。だから……あえて一人で来た」

「なっ、何故《なぜ》……」

「………私の国にはとても優秀な宰相がいるのでな」

そう言った瞬間、モルガを攻撃し始めたピーター国王だった。

──その頃、城では。

「やだーん！　こわーい！　レピドライト様！　都にいる住民はすぐに避難させたわん！」

「騎士団長その言葉遣いは不愉快ですから普通に働きなさい。さて、そうですか。なら私もそろそろ外に出ますかね」

「……あの……レピドライト様、私も元暗殺者の端くれです。お手伝いいたします」

「アンリさんは女性なのに、いいのですか？　むしろ姫様のそばにいたほうがよろしいかと……」

　主だった人間が会議室に集まって、これからの作戦について話し合っていた。

　アンリの横にいる騎士団長シャトルが手を上げてレピドライトにアピールする。

「私も心は乙女よおー⁉」

「貴方は黙っててください！」

　三人が話している時、バタバタと一人の兵がやってきた。

「レピドライト様！　王子が捕われたようです！　姫様やご子息のユーディアライト様達も行方が……」

「なるほど、なんとなく想像できますけど。……まったく子供達は、何故《なぜ》大人の言うことが聞けないのか」

「多分王子達と一緒……ですね。まあ……後でエメラルド姫様をキツく叱《しか》らねばなりませんわ」

　アンが呟《つぶや》く。

　レピドライトはブツブツ文句を言いながら正門前まで移動した。そんな彼の姿を見て、若い騎士団員達がザワザワと驚く。

「あの……騎士団長！　レピドライト様は城にいて指揮をなされるのでは？」

「レピドライト様が闘うの……見たことないのですが！」

「大丈夫なのでしょうか⁉」

アタフタする団員達に、騎士団長シャトルが頬《ほお》を赤らめながら語る。

「あら、貴方達世代は知らないのかしらん。彼ね、闘えるわよん？　いつも頭を使うほうだったけどん！」

レピドライトは眼鏡を外して丁寧にポケットにしまい、遠くから黒い兵がやってくるのを確認してから、両手から緑色の光を放ち大きな鎌を二つ出す。

「彼、別名『死神』ですものん！　あ、あと拷問《ごうもん》大好き野郎とも言われてたわねえ。ふふ、王の次に強いと言われてるのよん！」

勢い良く黒い兵が向かってくるのをニヤリと笑い、鎌を持って戦闘態勢を整えた。

「なるほど、魔力で作った兵ですか。では悪い子にはお仕置きペンペンですね！」

——ちょうど同じ時間、『癒《いや》しの木』では。

ピーター国王に攻撃をされて分が悪いと感じたモルガが、舌打ちをしてすぐに消えていた。

「あやつもブバルディアの馬鹿と一緒で、影分身だったみたいじゃのう……」

ハナナの言葉にコクンと頷《うなず》くピーターは自分が乗ってきた馬車に乗って帰ろうと

する。

「……………戻る」

「ピーター！　その乗り物よりこれが良いぞえ!!」

「……………………何の冗談だ」

「ブヒ☆　ブヒヒ！」

ピーターの言い草にぷんすか怒りつつもハナナ女王は豚に乗り、手を伸ばした。

「見ての通り豚じゃ!!　だがこやつは速いぞ！　さあ妾達《わらわたち》も一緒に行くぞ」

「うむ！　同盟国の危機だからな！　行くぞ！　ピーター王！　乗れ！」

「ブッヒィー!!」

「……………………」

ピーター国王は無理やり豚に乗せられ、自分の国へ向かった。

✽へっぽこ姫の底力

その頃、私が何をしていたかと言うと――

「マシュマロ……にっ号、さん号、よん号、ごー号、ろきゅ号……必ず一号とりもどつからね！」

真っ先に自分のマシュマロリュックへ色々な玩具《おもちゃ》とお菓子とロープとビー玉、そしてボールを入れていた。

「えーと、姫様のマシュマロ人形って沢山《たくさん》あったんですね」

「……エメ、落ち着け」

「だ、だいろーぶ！　エメね、おとなだから！　おちついてゆ！」

今回も私は役立たずだった。

ブラッドが酷《ひど》い目にあった時も、アンが悲しい時も、プリちゃんの時も、結局誰かに助けてもらってばかりだ。

ガーネット兄様とハウライト兄様がさらわれたのに、何もできなかった自分が悔しいよ。

「……エメのね、……マシュマロスティックあるのっ、マシュマロ〜パワ〜メークっアップ！　ってね、言うと闘えるよ！　だからね……エメね、せんし……なれて………ヒック……」

「エメ！」

「…………ヒックッ…………うぇ……エメ、よわっちぃねぇ…………」

なんで私は力なく弱いのだろう。

ポロポロ沢山《たくさん》涙が出る。

悔しいんだ。本当に悔しい。

パパみたいな強い力があったら助けられたのに。ガーネット兄様みたいに瞬時に動けるといいのに、ハウライト兄様みたいに冷静に判断して闘えたらいいのに。私は何ができただろうか。

家族を――大好きな兄様達を守れる力がただ欲しい。仲良しの前に兄様達に死亡フラグを立たせてどうするの！

私は本当に無力だと改めて実感した。

「エメ！　泣くな！　王子達とマシュマロ一号を助けたいんだろう！」

私はコクンと頷《うなず》く。

ブラッドが私の涙を拭《ふ》き、隣にいたユー君も私を励《はげ》ましてくれた。

「僕が……忠誠を誓うと決めた方は可愛い姫様ですからね！　姫様の願いは僕の願いです！」

「…………えぐっ……ユッ、ユー君……」

ブラッドが私の頭を撫《な》でてくれる。

「エメ……いや、エメラルド姫様はどうしたい？」

ニコッといつものイタズラをするような笑顔で私に問いかけた。私はもう一度涙をゴシゴシと自分の腕で拭《ふ》き、ブラッドとユー君を見る。

「……ガーネ兄たま……ハウアイト……兄たま……ヒック……たぢげだい………」

ブラッドとユー君はお互いに顔を見合わせてから何故《なぜ》か私の前にひざまずき、「「……御意」」とかしこまった。

「さあ、なら急ごう！」

「とは言っても……一体どう捜せばいいんでしょうかね？」

私とブラッドとユー君が考えた時。

「ミャー！」

「え？　え？　……マシュー！」

「聖獣の子供だ！」

「普通の猫みたいだな、お、尻尾《しっぽ》が二つある」

あの時お別れした聖獣のマシューだ！　え！　いつの間に⁉

「ミャー！　ミャー！」

「マシュー……ついてってほちいの？」

「ミャー！」

必死にこちらを見て鳴くマシューについていくと、何故《なぜ》か教会の前に出る。

なんでだろ？

ブラッドは教会の周辺をウロウロした後、中に入った。

「なんか誰もいないみたいだぞ？」

「変な感じですね。誰もいないなんて。暗いので魔力で明かりをつけましょう」

そう言ってユー君が手から小さな炎を出し、私達も暗い教会へ入る。礼拝堂から更に奥の部屋があり、マシューが何もない壁をカリカリと掻いた。

「ミャー！」

「壁？　壁に何かあるのか？」

ユー君はジッと壁を見つめて、ペタペタと壁を触る。

「どうやら隠し扉があるみたいですねー、よし！」

そう意気込んだ彼の手から小さな鎌が一本出てきた。

「何だ、今から芋掘《いもほ》りでもするのか？　お前、空気読めよな」

「違いますよ！　失礼な！　ペリドット家では鎌を武器にしているんです！　我が家の

武器は硬いものでも切れるん、です!!」

そう言いながら魔力を込めて、ユー君が壁を切る。

なんと壁の後ろは地下に続いているようで、風を微《かす》かに感じた。

「なんか……おそとに……繋がってゆ?」


——エメラルド達が教会で地下を見つけた頃、ガーネット達は。

チャポン……と水の音がする。

「……おい……起きろ」

「……起きてるよ」

ガーネットとハウライトの首には魔力が使われないように黒色の首輪がはめられていた。手足にも手錠をかけられ重りまでつけられている。

周りを見渡すと、子供一人が寝られる手錠付きの診察台……というべきものがあった。

「……貴様ならエメラルドと一緒に逃げられてただろうが」

ガーネットが不機嫌そうにハウライトに言うのに、彼は嫌味な笑顔で答える。

「誰かさんがまた何かしようとしてるからだよ。それにこれ、ワザと捕まってあげたんでしょ? お城は警備強化していたのにワザと城内に入れさせて……危険だよ」

「…………………」

その時、別の誰かの叫び声がした。

「この馬鹿者!!　あのモリオンと同じようなミスをしおって！　何だこのぬいぐるみは！」

そう怒鳴り散らしながら男が部屋に入ってくる。

「ほほぉ。これはこれは国の若き栄光ガーネット王子、ハウライト王子……」

そこにいたのは聖教会トップのベリル・コーネルピンだった。

ガーネットはベリルを睨《にら》む。

「……やはりお前か。ベリル・コーネルピン」

「いやはや、本当はエメラルド姫様を狙っていたのに……部下がこのぬいぐるみと勘違いするとは……」

ぼやくベリルをハウライトがクスクス笑う。

「……何がおかしいのですかな？　ハウライト王子」

「いや、本当に君達って頭が弱いなって。可愛らしいエメラルドがマシュマロの形をしているわけないだろう？　僕がとっさに魔力でそう見せてあげたんだよ」

そう教えられたベリルはぬいぐるみを地面に落とし、ハウライトの頭を鷲掴《つか》みにした。

「………昔の貴方様は従順で可愛らしかったのに……はあ……残念ですのう……。さて、王に知られるのも時間の問題じゃ。その前に、この薬を魔力の強い王子に飲ませて色々と実験してみたいですなあ。ほほぉ、どちらの王子が良いか」

ニヤニヤしながら黒い小瓶《こびん》を取り出し、どちらの王子を実験台にするか悩む。しばらくして、ハウライトのほうにしようと手を伸ばした。

けれど、ガーネットが声を上げる。

「……………………私にしろ」

「ほほぉ……確かに確かに、この薬を飲むのは貴方様のほうが相応《ふさわ》しいかもしれませんなあ……この薬を飲むと、絶望感と憎しみが増して闇の力に魅入られ、力が増幅する……」

「………」

「何故《なぜ》そんなものを作るのかと？　『神』を創りし人々がその神を崇《あが》めるためには悪役が必要でしょう？　おわかりかな？」

「………よく喋《しゃべ》る奴だな」

スッと立つガーネットをハウライトが止めた。

「ガーネット！　何言ってるの⁉　あの薬って……以前モリオン家で見たやつと同じだ。

ブラッドにも飲ませてたやつだよね」

「…………………」

いつもの無表情のままガーネットは前に出る。彼はベリル達に診察台に移され、うつ伏せになった状態で強く縛られた。

「飲ませろ！」

そうベリルが命令をした途端、ガーネットは薬を無理やり飲まされる。

「…………ゲホゲホッ！　うっ……」

「ガーネット！　くっ、魔力が使えない……」

手錠をなんとか外そうとハウライトが動こうとした直後、ベリルが鉄の棒を持つ。

「躾《しつけ》がまったくなっていないですのう。神の洗礼を受けなさい」

ドガッ!!　とその重たい鉄の棒でハウライトの背中を何回も殴った。


――私達は教会から続いていた地下を歩いていた。

段々と涼しくなり風が吹いてきた頃、ようやく出口から明かりが見える。

「あ！　あかり見えたよ！」

「ミャー！」

「エメ！　下手に動いて外に出るのは駄目だ！　ってユーディアライト！　お前が何故《なぜ》、先頭を切って走る！」

ユー君が楽しそうに駆け出していく。

「ふっふっふ！　未来の宰相である僕が先に見てきます！」

慌てて追いかけ私達が外に出ると、先に行っていたユー君は立ち止まっていた。その向こうに、霧に囲まれた建物がある。

「「…………」」

「これは困りましたね！　敵が沢山《たくさん》いました！」

「いや、何自信満々に言ってんだよ!?　慎重に動かないからこうなるんだよ」

「エメ達……ピンチ！」

今、目の前にわんさかと、フードを被《かぶ》った怖い人達がいます！　ヤバイヤバイ！

「侵入者だ！」

「「げっ」」

彼らが襲いかかってきた。

ブラッドが私を抱っこして走る。

「ハァハァ……！　なんとかしろ！　未来の宰相だろ！」

「ブラッド君こそ、未来の騎士団長なら逃げないで闘ってください！　僕は闘い専門じゃないんです！　ただ、今は少し僕について走ってください！」

「い、意味わからねー！」

何人かの追手に囲まれてしまった私達……！

「さあ、大人しくその姫様を我々に……」

「ハァハァ……お前の言ったとおり……ちょこまかと走って逃げたけど……囲まれてるぞ」

けれど、ユー君は汗を垂らしながらニヤリと笑い、パチンと指を鳴らした。

追手達がユー君が逃げ回りながら魔法で作った落とし穴に一気にはまる！

「ブラッド君！　一気に土で埋めましょう！」

「よしきた！」

「ちょっ！　お前達……！　まっ……!!　ぎゃー!!」

追手達は慌てて騒ぐが、二人はにんまりと笑い、手から緑色の光と紫色の光の魔力を放ち、土の津波を作って攻撃した。

「ふー、父上にいつもイタズラされてる落とし穴を真似して作ってみましたが、こんなことに役に立つとは」

「いや、どんなイタズラだよ……」

「ブアット！　ユー君！　ここからはいれそーよ！」

周囲を確認していた私が二人の注意をひく。

屋敷の入り口とは別に、子供が入れそうな小さな穴があったのだ。どうやら中に繋がっているみたい。

こうして無事逃げた私達はコッソリと屋敷の中へ入っていった。

✽ハウライトの母

「――少し痛めつけよう。苦痛があったほうがより、闇にとらわれやすいからのぉ」

ちょうどその頃。ベリルが無抵抗のガーネットを痛めつけていた。手をかざしてビリビリと電流を流し、その苦痛に耐えるガーネットを見て面白がる。

「…………ガハッ！　……ゲホゲホッ!!」

ガタガタとガーネットの身体が痙攣《けいれん》し始め、ベリルはフムフムと何かメモをとり続けた。それをジッと睨《にら》むハウライトに向かって上機嫌に話す。

「ほほぉ、いつも爽《さわ》やかなハウライト王子がそんなに睨《にら》むとは。しかし、貴方にとってもガーネット王子は邪魔者でしょう？　王位継承権問題も解決いたしますよ」

ガーネットは既《すで》に傷だらけでボロボロ状態だ。

「以前実験した魔力のない子供はすぐに死んだのですが、やはり魔力のある子供は……いや王子はお強いのでしぶといですな」

その言葉に、キッとした視線を向けるガーネットを、ベリルは生意気だと更に痛めつける。

その時、部屋にベリルの手下が慌てた様子で入ってきた。

「ベリル様！　不法侵入者です！　キッチンで発見し捕まえました」

「ほほぉ……魔力の霧で見えないようにしていたのに」

なんと威勢良く侵入したものの、あっさりとエメラルド達は捕まっていたのだ。

慎重に行動しようとしていたのだが――ユーディアライトの声が大きいのが敗因だった。

「未来の宰相たる者が、すぐ捕まってしまうとは！」

「お前が大声で自分を褒《ほ》め称《たた》えてるのが聞こえたせいでバレて捕まったんだろ！　せっかくさっきまで上手《うま》くいって見直してたのに！」

「こあー！　はなちぇ！　おりゃ！」

「ミャーミャー！」

ガーネットとハウライトは捕まったエメラルドを見て青ざめる。

「エメラルド！」

「……くっ………」

ハウライトが慌ててエメラルドのほうへ行こうとするが、鉛付《なまりつ》きの手錠がそれを阻《はば》み身動きが取れなかった。

――私達はあっさりと捕まってしまった。ブラッド、ユー君、マシュー、私も手錠をかけられる。

「……ブラッド、ユーディアライト何やってるの」

「ハウライト、僕達は助けに来たのに、なんで睨《にら》むんですか！　捕まってしまいましたけど」

「ハッ、兄貴なら妹を心配させては駄目だと思いますけど？」

「……弱い君が何言ってるのかな」

バチバチとハウライト兄様とブラッドが睨《にら》み合《あ》いをしている中で、私は慌てる。

ガーネット兄様！　え、ちょ！　ガーネット兄様に何したの⁉　ボロボロで傷だらけ‼　ハウライト兄様も殴られた痕《あと》があるし！

一緒にいたブラッドが黒い小瓶《こびん》を見つけて焦《あせ》った声を出す。

「アレ、少し前まで俺がモリオンの狸野郎《たぬきやろう》に無理やり飲まされてた変な薬だ！　飲むと妙に苛々《いらいら》するんだよっ」

何それ⁉　もう何が何だかわからない！

「ガーネ兄たまに何ちたの！」

するとベリルは私に向かってゆっくりしゃがみこみながら口を開いた。

「……ほほぉ、姫様はお待ちください。貴女《あなた》の綺麗な心臓はきちんといただきますゆえ」

え！　やだやだやだ！　死亡フラグ拒否だよ‼

「エメラルドから離れろ！」

ハウライト兄様の身体から黄色い光が出る。兄様はなんとか手錠を外そうと足掻《あが》いていた。魔力が使えないようにされているせいで苦戦しているみたいだ。

私達に構わず、ベリルは何度も何度もガーネット兄様を痛めつけては変な薬を飲ませる。火花がバチバチと立ち、ガーネット兄様は苦痛の表情で目が虚《うつ》ろになりかけていた。

「…………………っ‼」

「ガーネ兄たま！　エメたすけちたよ！」

それなのに、ガーネット兄様は私の顔見ながら、フッと………ただ笑ってくれる。

痛いよね、苦しいよね、なのにそんな……笑っちゃ駄目だよう。

悔しくて涙が沢山《たくさん》溢《あふ》れる。

その時ドアが開いて、誰かが入ってきた。

「ベリル……ふふ、私の可愛らしい息子の前でそんな酷《ひど》いことをしないでちょうだい」

カツンとヒールの音がして、ハウライト兄様が突然体を硬直させる。

入ってきたのはフードを被《かぶ》った女性だった。

フードを取ると、綺麗なオレンジ色のストレート髪と垂れ目が現れる。見た目は優しそうな美しい人だ。

固まっているハウライト兄様を見たその女性は、彼に近寄り優しく頬《ほお》を撫《な》でた。

「あら、大きくなったわねえ。ハウライト。母の顔を忘れたかしら？」

え？　ハウライト兄様のお母さん⁉

ガーネット兄様がかすれた声でハウライト兄様に必死に何かを伝えようとする。

「……き……くな……そいつの……言うっ……こと」

「ルビー様、お久しぶりですのう。あの日以来ですな。しかしやはり聖女候補でもあったルビー様は変わらず美しいですなあ」

ルビーと呼ばれるその女性はベリルを無視する。

「ふふ、あら…………とてもムカつくムカつく見覚えのある顔がいるわね……あの女の娘ね」

「エ、エメ、おばたん……ちらないよ！」

「……美しい私に向かって……後で殺してあげる」

彼女は何故《なぜ》か私を睨《にら》みながら、ハウライト兄様の頭を撫《な》で続けた。ハウライト兄様は俯《うつむ》いたままだけど……

この人がハウライト兄様のママ……？

「久しぶりの母を見て驚いたかしら？　あら嬉しさのあまりだんまり？？　ふふふ、ごめんなさいねー、喜んでいるのに悪いけれどー、私ねハウライトに黙ってたことがあるの。実は私……貴方の母親ではないの！」

「ハウライトッ……聞くなっ…………何もっ……」

一番傷だらけで辛《つら》いはずのガーネット兄様がジタバタとハウライト兄様に向かって叫ぶ。

「……ガーネ兄たま？」

「あぁ、可哀想なハウライト……。私を母と信じていたのでしょう？　亡くなったと思っていたのでしょう？　可哀想だわ、本当に笑えるくらい」

ルビーはそう言いながらハウライト兄様の頭を撫《な》で続けていた。

彼女は私を見て嫌な笑顔をするし、意味わからない！　え？　ハウライト兄様の母親であって母親じゃない？　どーゆこと⁉

「…………い…………うなっ…………」

ガーネット兄様が必死にルビーに訴えていたが、彼女はニヤニヤしながらガーネット兄様のほうを見る。

「ガーネット王子……ふふ。頑張ってたのに残念ねー。私が憎いかしら？　そうよね、そうよね！　だってあなた達三人兄妹の実の母親を殺したのは私ですものね。はあ、可哀想なハウライト。私の可愛い可愛いハウライト」

そう言いながらルビーはベリルが持っていた鉄の棒を借り、ガーネット兄様を痛めつけた。その顔は笑っている。

今……この人、なんて言ったの？

殺した？

え？　私の母親を？

ガーネット兄様、ハウライト兄様の母親を殺した？

あなた達のってこの人、言っていた。

ガーネット兄様は…………私達の母親は同じだと知っていたの？

ハウライト兄様は？　知らなかったの？

意識が段々と薄れていっている中、ガーネット兄様は一粒の涙を流して呟《つぶや》いた。

「…………母上……」

✽『僕』の弟と妹

「ははーうえ！」

「あら、ガーネットは今日も甘えんぼさんね」

金色の髪と優しい緑色の目をした母親――ローズ王妃は、『僕』の自慢の母親だった。

「あかちゃん、げんちでしかー？」

最近、僕にはエメラルドという可愛らしい妹ができた。プニプニしていて凄《すご》く可愛い！

そしていつも母上は僕に話す。

「ガーネットにはね、本当は双子の王子、弟がいるのよ……名前はハウライト」

とても寂《さび》しそうに語る母上。

顔も何も知らない僕の弟は、生まれた直後、何者かによってさらわれて行方不明になっている。

ハウライトはどんな子だろう？　いつか会える？　仲良しになれるかな？　どんな本を読むのかな？　好きな食べ物が一緒だといいなあー。

色々な想像をして、弟のことを想う。

「んと、僕のーハウアウトはいまどこなの？」

母上は泣きそうな顔で僕を抱きしめた。

「…………わからないわ……でもいつか会えるわ……」

「へへ、そちたらー僕とーエメラウトとハウアウト仲良しでピクニックいく！　母上と父上もいっしょ！」

そう言うと、母上は嬉しそうに僕の頭を撫《な》でてくれた。

弟が行方不明になってから僕の父上は仕事ばかり優先しているそうで、あまり食事を一緒にとることはないけれど、父上の背中はとても大きく頼もしくて、大好きだから平気だよ！

今日も妹のエメラルドの寝顔を見て頬っぺたをツンツンしていると、何やら城内が騒がしくなった。チラッと様子を見に行った先で、父上と宰相のレピドライト、そして騎士の人が話をしているところを見かける。

「ハウライト王子が生きてました！　ここから少し離れている森にいるようです」

え！　弟が生きている‼　良かった！　母上に知らせなきゃ！　母上はきっと喜んでくれる！

僕が母上にハウライトが見つかった場所を伝えると、彼女は何やら急いで馬に乗りどこかへ向かった！

「え？　母上⁉」

僕は何度も母上が城から出たから追いかけて！　と訴える。なのに、誰も聞いてくれない！　僕の話を聞いてくれない！

父上！　父上に会いに行っても会えない！　なんで？

「……なんで……だえも僕のはなち……ちいてくれあいの……」

僕は小さな黒い鷹《たか》を作り、それに乗って母上を追いかけた。

そこには小さな森があり、炎に包まれて燃えている家がポツンと見つかる。その手前で……血だらけの母上と気絶した男の子が倒れていた。

「ははーうえぇ！」

近寄ると、母上は既《すで》に生き絶えている。そばで、けばけばしい女が笑っていた。僕はその女を睨《にら》み攻撃する。

「キャッ⁉ ちっ……お前……私の顔によくも傷を‼ 小さいくせに魔力が強いとは！ ハウライトにしても最初は魔力がないと思ったのに、頃合いをみて心臓を取り出す計画が……！ とてつもない化け物だったわ！」

何……言ってんだ？ 化け物はお前だろう。

「…………ふふ、この子、四年間も一緒にいた私を母だと信じちゃってるわよ。……可愛がってたからね。あはは！」

既《すで》に生き絶えた母上の顔を足で踏み潰しながら、女は一人で叫んでた。

「そうよ、そうなのよ。……本当は私が王妃になるはずだった、聖女と呼ばれる貴女《あなた》が本当に邪魔でしょうがなかったわ！ 美しさも！ 私が一番なのに！」

そう言い残して彼女はどこかへ消える。

その後すぐ父上達がやってきた。

ねえ、遅いよ。父上……

僕は何度も言ったよ。

それからハウライトは城に住み、みんなに慕われて笑顔で生活をしていた。

何も知らずに。自分の母親の死を知らずに。あの女のことを「僕の優しいお母さん」と語る。穢《けが》れた奴なのに……

笑顔でいるお前が……憎らしい。けれどそれでも本当の母親のことを知ったら傷つくだろう。悲しむだろう。信じていたものが嘘《うそ》だと知り、ハウライトは涙を流すだろう。

だから僕は何も言わない。

城では何故《なぜ》か僕達が異母兄弟だと噂《うわさ》が広まる。噂《うわさ》が事実のようになっても、父上は何も言わなかった。

「王になるのはハウライト様では？」

みんながそう呟《つぶや》く。

器量も良くみんなから信頼されて人懐《なつ》っこいハウライトが王に相応《ふさわ》しいと囁《ささや》かれていた。

本当は……王など興味がない。ハウライトがなれば良いと思う。

だけど、人のいいハウライトにつけ込む奴は沢山《たくさん》いる。

だから……ひっそりと邪魔な奴はいなくなるようにしなきゃ。

気づかれないように。触れ合うつもりはない。

これが僕の守り方だ。

それには強大な力が必要になる。

誰にも頼らず、誰にもバレず、王子らしく威厳を保って他人には不用意に関わらない。

嫌われてても憎まれてもいい。

約束をしたんだ。

『ふふ、一番上のお兄ちゃんは下の子を守ってあげなきゃいけないわよ？　できるかしら？』

『できうよ！』

母上がそう僕に託《たく》したから。

だからもう甘えは捨てて『僕』はいらない。

――私は私のやり方で進めようとした。

……………なのに、私はどこかで間違えたのだろうか。

「……ガーネ兄たまっ！」

小さな赤ちゃんから可愛らしい天使に成長した妹が泣いている。

その隣では涙を沢山《たくさん》流した弟のハウライトが必死に何かを叫んでいた。

……弟と妹を……泣かせちゃいけないのに……

母上すいません……泣かせてしまいました。

……あぁ……闇が……もう景色が見えない……意識が遠くなる。

「…………っ、に…………兄さん…………死なないでっ」


✽パパと豚さん！


「ブヒ☆」

「おー！　もうお主の国に着いたようじゃのう」

ハナナ女王がピーター国王に話しかけた。けれど、ピーター国王は上の空だ。豚に乗ったまま呟《つぶや》く。

「……子供達は焼き豚……好きだろうか……」

「……妾《わらわ》の子供は殺されたがの…………お主の子供は大丈夫じゃ。この国もな」

そう言葉をこぼすハナナ女王にピーター国王はハッと我に返る。寂《さび》しそうな彼女の背中を見つめた。

「…………ハナナ女王……」

「あ、来たか！　やほー！　ハナちゃん！　ピーター」

その時、突然馬に乗って現れたブバルディア。イラッとしたハナナ女王が嫌味を放つ。

「お主の国は大丈夫だったみたいじゃのう、ちっ」

「いやー俺の奥さん強いからな！　大丈夫」

「な、何だ！　アレは！　まさか……！」

一緒に豚に乗っていたナグサ王が信じられないといった驚きの声を上げる。

そこには黒い兵が倒れて作った山の上に優雅に座り紅茶を飲む、爽《さわ》やかな笑顔のレピドライトがいた。ピーター国王達に向かって手を振っている。周りの騎士団達や兵は何を見たのかとにかく怯《おび》えており、唯一、騎士団長シャトルとアンリだけがただ呆《あき》れた顔をしていた。

「…………なんとゆう腹の立つ笑顔じゃ。陰険眼鏡よのぉ」

「あはは！　レピちゃんもやっぱり強いなー」

「敵にまわしたくないタイプだな」

ピーター国王はレピドライトと合流する。レピドライトは各国の王達の面々を前に余裕のある笑顔を見せた。

「おかえりなさいませ、早いですね？　おや、皆様は何しに来たのですか？　各国の王は暇なんですかね？」

「スターダイオプサイト国が攻められてると聞きつけ、助っ人として我々は来たのだ！それなのに……」

ぐぬぬっと少し悔しげな顔をするナグサ王にクスッと笑うレピドライトは、倒れている敵を示す。

「あぁ、もうここは大丈夫ですよ」

キー！　と暴れるナグサ王をハナナ女王が宥《なだ》め、ブバルディア王は笑っていた。

レピドライトがポケットにしまっていた眼鏡を取り出して掛け直す。

「さて、ピーター国王、姫様と愉快な仲間達が行方不明です」

コクンと頷《うなず》くピーター国王は、ガーネットが魔力で作った黒い鷹《たか》がこちらを見ていることに気づき、そちらに歩み寄る。

「ガーネット……か。みんなの場所まで案内を頼む」

ピーター国王達は黒い鷹《たか》について、エメラルド達を捜しに向かった。

——ハウライト兄様が母親だったと思っていた人は、実は私達の親を殺した人……え？　じゃあ四年間ハウライト兄様は……その人に育ててもらってて……ん？　んじゃあ、パパは浮気してなかったってことよね！　むしろ何故《なぜ》教えてくれなかった⁉

俯《うつむ》いたたままプルプル震えているハウライト兄様。

そうだよね、実の親だと思ってたのに……悲しいよね……

「ハウアイト兄たま……だいろー」

私がそう声をかけようとすると、ハウライト兄様が突然、笑い出す。

「プッ……あはははは！　何それ、僕が泣いてると思ってるわけ？」

急にどうした！　兄よ⁉　なんか黒いオーラ出して悪い顔してますけど⁉

ブラッドとユー君はそんなハウライト兄様を見て固まる。

「ハウライト王子が壊れた……」

「人間あまりにもショックなことが起きるとおかしくなるんですよ」

「ハ、ハウアイト兄たま！　エメのマシュマロたべゆ？　あるよ！」

何かわからないけど落ち着こう！　兄よ！

けれど、ハウライト兄様は私に優しく微笑《ほほえ》んだ後、ベリルと、かつて母と呼んでいたルビーに声をかけた。

「まあ、二年前くらいなんだけどね、貴女《あなた》が僕の母でないと知ったのは。実の母親が殺された事件を独自に調べてたからね……」

ハウライト兄様は虚《うつ》ろなガーネット兄様を見て、悲しそうに話し出す。

「……僕が何も知らないと思ってた？　どうして僕がニコニコと貴族達に愛想笑いをしてたか、わかる？　十年前何があったのか、何故《なぜ》連れさられたのか、ガーネットの母親を殺したのは誰か、裏で手を引いているのは誰か、反王族派を味方につけて情報を集めていたんだよ！」

ハウライト兄様は凄《すご》く悔しそうに、悲しそうにガーネット兄様を見つめ続ける。

「……ガーネットが……羨《うらや》ましかったよ。君は……君だけが、母の声も温《ぬく》もりも知っていたのに……」

「ハウアイト兄たま！　エメも……みんないるよ、みかたよ」

どんなにショックだったんだろう、ずっと誰にも言えずに敵側の貴族達に笑いかけているのは辛《つら》かったはずだもん。

でもね、私はハウライト兄様にもガーネット兄様にも味方でいるから……

チラッとガーネット兄様の様子を見ると、もうほとんど意識がない。

うそ！　死んじゃうの⁉　そんなのやだ！

「ガ、ガーネ兄たま！」

ハウライト兄様はクシャクシャになった顔で涙を流し、必死に鎖《くさり》を外そうともがく。

そしてガーネット兄様を見て、静かに、苦しそうに呼んだ。

「…………………っ、に…………………兄さん…………………死なないでっ」

「ほほぉー、兄弟愛ですなあ。しかし、もう直《じき》にガーネット王子は死ぬであろう。やはり、この薬はあまり役に立たないのか。さて、残りの魔力でも吸い取るかの」

「ハウライト、ふふ、いい話を聞いてお母さん涙出ちゃうわ！　美しさを保つために魔力が強い王子の血を浴びるのも悪くないわよねー」

「うるさい！　貴女《あなた》は僕の母でもないくせに！」

「そーですよ！　大体おばさん急に現れて何なんですか！」

「おい！　爺《じい》さんとおばさん！　悪いことしてるとそのうち自分に返ってくるからな！」

みんなで責め立てると、ルビーはプルプル震えながら怒り、唇を噛みしめて私達を睨《にら》む。

「お、おばさん、おばさんって……私は美しく聖女候補だった……」

この人さっきから何言ってるの？　腹立ってきた！

「オバタン‼　……オバタンはうつくちくないし、せーじょでもないよ‼　エメのね、パパがメタンメタンするから！」

ルビーが私に殺気を放つ。

「その目……その態度、本当……あの女にそっくりだわ！」

彼女の隣にいたベリルが慌てて止めに入った。

「まだ殺すでない！　心臓を綺麗に取り出さねばー！」

「うるさい！　やっぱりあの女の子供は殺す！」

あ、また死亡フラグが立った……！

やばい！　今度こそ死んじゃうの？　まだ家族仲良しになっていないのに！　それよりも、パパまだ⁉　息子と娘がピンチだよ！

「パ…………パーパー‼」

そう叫んだ瞬間、全ての建物が綺麗に崩れ落ち、私の背後に、黒いマント姿で赤い髪色の、パパが助けに来てくれた。

「…………私の息子と娘を返してもらうぞ」

「ブヒ☆　ブヒ！」

え？　ちょ、待って、パパと豚さん？

「ブラッド君……あれは…………豚ですね」

「あぁ……豚だ。なんで豚に乗ってきてんだろ。ハウライト王子が豚と一緒に登場した国王に驚いて固まってるぞ」

大きな豚さんに乗ってパパが現れた‼　後ろにはレピさんがいるけど、何故《なぜ》か大爆笑しているよ！　こっちは一大事なんだよ⁉

それにしても豚さん可愛いー‼

「パパ………」

パパはガーネット兄様を見て苦しそうな悲しそうな顔になり、すぐに助ける。そして、意識を失っている兄様をギュッと抱きしめた。

「………ガーネット……すまない……本当に……」

ハウライト兄様やブラッド、ユー君、マシューも手錠を外されて自由になる。

レピさんはさっきまで豚と登場したパパを笑っていたのに、私の顔を見て眼鏡を外し、すぐに大きな鎌二つを出す。笑いながらベリルとルビーに攻撃し始めた。

え⁉　どーしたのよ⁉　物凄《ものすご》い殺気だよう！

「ヒッ‼　年寄りは大事にするもっ……へぶし‼」

「おやおや。何、私達の姫様を傷つけてるんですか！　因《ちな》みに、息子にも酷《ひど》いことをしたようですね。お仕置きです」

ドカン‼　と大きな音が鳴る。

……レピさん、物凄《ものすご》くキレております。

ユー君がプルプル震えながら小声で話す。

「……あれ……父上絶対おこ……怒ってますね！　家に帰ったら……ど、ど、どーしよ……説教が……」

ものすっごい青ざめていた。

それにしてもレピさんの武器が大きな鎌だなんて！　ペリドット家って凄《すご》い！

あれ？　ハウライト兄様がレピさんの闘いに参戦して攻撃を始めている‼　怪我《けが》をしているのに！

「二人共、地獄におちてよ。よくも僕のエメラルドと……ガーネットを傷つけたね。死んでよ」

兄様はルビーに炎の玉を放つ。それがルビーの顔に当たって彼女の右顔は焼けただれ醜《みにく》くなった。

「つぎゃあああああ！　私の！　美しい顔が！　ハウライト‼　育ての親になんてごおぉおぉー！」

「あはは！　化け物になったね。とても醜《みにく》いね」

可愛い笑顔でサラッと褒《ほ》めたハウライト兄様との圧倒的な力の差を悟ったのか、ルビーは舌打ちをして煙を放ち逃げる。

ハウライト兄様は追おうとしたが、パパがその肩を掴《つか》んで止めた。

「ハウライト……もういい……」

「しかしっ！」

「ガーネットの治療が優先だ。お前も……ボロボロだ」

そっとパパはハウライト兄様の頭を撫《な》でた。

ハウライト兄様は意識を失ったガーネット兄様を見て涙目になり、パパの腕の中で……静かに泣き続ける。

「今日は……兄貴達のほうが父親に甘えてんな？」

ブラッドがそう私に言って私の頭を優しく撫《な》でてくれた。

「へへ、兄たま達……あまえんぼーさんだもん」

レピさんはベリルをボコボコにして、スッキリした顔で拘束している。黒い玉を持ち出して、ベリルの顔を思いっきり足で踏み潰した。

「この黒い玉の中に、貴方の不正やら何やらの証拠は集まってるんですけどね。さて、尋問しますよ」

「ひぃいっ！」

豚さんと一緒にいたのはプリちゃんのパパさんと……あとの二人は他国の王様達とのこと。なんというか、インドっぽい麻の生地を身にまとう王様と中華風の女王様だ。

「私はナグサ王だ。無事で何より」

「妾《わらわ》はハナナじゃ……良かったのぉ。エメラルド」

ふわー！　めちゃくちゃ綺麗で美人さん！　着ているのも本当に昔の中国の衣装みたい！　よく中国ドラマに出てくる人みたいだなあ。

「ハナナさん、ちれーねえ！」

そう褒《ほ》めたら、何故《なぜ》か頬《ほお》を赤らめた女王様にギュッと抱きしめられちゃった。

「さあ、とりあえず城に戻りますよ」

そうレピさんが言い、みんなと帰ろうとした時、私は気づく。

ハッ!!　大事なことを忘れていたよ!!　なんてこったい！

「マシュマロいちごー!!」

先程の現場に戻ろうと振り返って走ると、そこにはくたびれて汚れたマシュマロ一号を持つリビアがいた。

「リビア‼」

私は走って彼のところへ行く。けれど、後ろにいるパパ達が怖い顔で私の名前を呼んだ。

「エメラルド！」

「姫様‼　って、結界が張られてる⁉　まさかあの子が作ったのですか⁉　ピーター国王並に強い結界……あれが──」

「神の子と呼ばれてるモルガの息子じゃのお。ただ二人は知り合いみたいじゃぞ？　危害を加えようとしてるわけじゃないみたいじゃが……」

「おー何何！　ピーター！　エメちゃんとあの子、二人は恋人かな⁉」

「「……そんなわけないだろうが……」」

「そっち行けないね。エメラルド！　僕の声が聞こえる⁉」

……え？　何？　どうしたの？　なんか怖い顔してるけど、みんなの声聞こえない。

チラッとリビアの顔を見ると、彼は無言のまま、マシュマロ一号を私に渡してくれた。

なんでリビアは一人でここにいるんだろう⁇　不思議。

「……リビア……ありあとー」

「うん」

「もーね、夜だからおねんねしなきゃね！　エメ、もークタクタ！　リビアも早くかえろー？」

私はリビアに手を差し伸べる。パパ達のもとへ一緒に戻ろうとしたのに、リビアは動こうとしなかった。

え？　何だろ？　どうしたの？

「……僕……行けない」

「え？　なんで⁉」

パパ達が怖いのかな？　私がきちんとお友達だと説明すれば大丈夫だよ？　あ、あれかな、レピさんの鎌が怖いのかもー？　豚さん苦手とか？

リビアは悲しそうに笑う。

「……多分……この先、僕はエメの嫌いなことしちゃうかも……」

「え⁉　エメのマシュマロをなくすとか⁉」

すると彼は首を横に振った。

「これから……悪いことするから。多分、悪いこと……だから……エメとは友達になれない……」

なんで悲しい顔でそんなことを言うんだろう。本心じゃないの、私でもわかるよ……？

友達になれないとか……やだな。私は友達だと思っている。だから泣きそうな顔をしないでほしい。

私は持っていたマシュマロ一号をリビアの手に戻した。

「あいっ！　エメのマシュマロいちごーかすね‼」

「……え」

「今度あえたら、エメにかえちてね！　またあそぼうよ！」

リビアはクスクス笑いながらマシュマロ一号を大事そうに持ってくれる。

「バイバイ……最初で最後のお友達、エメラルド」

そう言い残して、彼は白い花びらが沢山《たくさん》舞う中に消えていった。

よくわからないけど、秘密のお友達……リビア……

また会おうね！

第七章　へっぽこ姫の帰還　家族仲良し編

✽家族みんなでギュッ

「ガーネットの容態はどうなのだ」

現在、私とパパ、ハウライト兄様、レピさんはガーネット兄様の部屋に集まっていた。

医療術師達がガーネット兄様の容態をパパ達に説明する。

ハウライト兄様は腕を骨折しただけだと笑っていたけれど、やっぱ許せないよね！

それに……ガーネット兄様はボロボロの状態だもん。大丈夫かな……？

「ガーネット王子様は闇の力で作られた薬を飲まされ続けておりました、要は毒のようなものです。毒を取り除くにはかなり時間がかかります……それと……お体の傷が酷《ひど》く……以前のように歩けるか……」

レピさんが溜《た》め息《いき》をついてガーネット兄様を見つめた。

「相当長く苦しい拷問《ごうもん》を一人で耐えていたようですね……まだ小さいのに……」

「……なんとかしろ」

「も、勿論《もちろん》ですとも！　私達は最善を尽くしていきたいと考えております！　王子の体力が戻り次第、歩けるようリハビリもしたいと……」

パパは眠ってるガーネット兄様を暗い表情で心配そうに見る。ハウライト兄様もギュッと拳《こぶし》を握り、悔しげな顔をしていた。

「パパ！　ハウアイト兄たま！　そんなこあい顔すると、ガーネ兄たまがおめめ開いたとき、ビックリするよ!!　ニコー！　って大事よ！　だいろーぶよ！」

「エメラルド……」

「うん、そうだね」

「へへ、早くガーネ兄たま、おちてねー！」

私は眠っているガーネット兄様の頬っぺたをツンツンしてあげた。今はガーネット兄様には安静にしてもらい、早く目を覚ましてほしい。その時笑ってギュッとしたいもん。

――あの事件が起きて数日。国中では大騒ぎになった。

勇敢な小さな姫様が二人の王子を救出し、王が留守の間、国を守ったのは死神だとかなんとかという噂《うわさ》が広がっている。

マシューはあの後また聖獣の森へ帰っていった。みんなマシューを見てまた聖獣の群れが来るのか！　と身構えたものの、聖獣の長《おさ》が迎えに来てくれたのでホッとしたようだ。

あのもふもふ、また触りたい！　でもまた会えるしね！

ペラルゴニウム国の女帝・ハナナとフリージア国の王・ナグサは、私に挨拶《あいさつ》をした後、自分達の国へと帰るとのことで、私とパパは見送りに行った。

ハナナ女王は私がリビアに貰《もら》ったネックレスを見て少し驚いた様子になる。なんでだろう？　高いのかな？

けれど、ハナナ女王は何も言わず、少し悲しそうな顔で私の頭を撫《な》でた。

「今度は我々の国に遊びに来てくれたまへ」

「妾《わらわ》の国にも来てくれ。エメラルドなら大歓迎じゃ。それじゃあまたの、ピーター王よ」

「……………今回は助かった」

「あいっ！　またね！　ナグ王たま！　ハナ王たま！」

こうして二人は豚に乗って帰っていった。

――ハナナ女王はピーターとエメラルドに手を振り少し考えていた。

「どうした、ハナナ女王よ？」

「あの晩に現れた男の子のことを考えてのぉ……」

「あれはモルガの息子だな……同情などいらないのでは？　それに……貴女《あなた》の子供は……」

「……そうじゃ。憎い……憎くて殺したくて、どうしようもないほど怒りが溢《あふ》れるが……」

「神の子といわれるあの子供は……一番危険な人物です！」

「ふむ。しかしあの子にとって、エメラルドとの出会いが唯一の救いなのかもしれんのぉ……。守りの力が入ってるペンダントを渡したみたいじゃ。不思議じゃ。あの子は、ただの殺人兵器ではないようじゃし……さて、次の世代である子供達はどうこの国を──世界を思うのか、妾《わらわ》は少し見守ってみたいものよ……」

そうハナナ女王はナグサ王に話した。

──さて、あの後。ユー君はレピさんにキツーイお仕置き&お説教をされ、外出禁止令を言い渡されていた。

ブラッドもオカマさん、いや、シャトルさんにかなり説教されて、外出禁止令は勿論《もちろん》、その間に更に厳しい特訓を課される。

そして現在、私はというと……正座してます。はい、現在、正座をして猛反省中です。

目の前には腕を組み般若《はんにゃ》のような顔で叱《しか》るアンがいた。

「……エメラルド姫様、私が何故《なぜ》怒っているのかおわかりですか？」

「……あいっ……」

「今回は助かったからいいものの、後先考えず行動するのは危険です！」

「……あいっ」

「罰として、マシュマロ一ヶ月禁止です！」

「あいっ⁉」

ガーン‼　アン様！　私にマシュマロを我慢しろと⁉　一番酷なことを！

ショックで私は固まる。

「ア……アン……エメ……いーこにすゆから」

「では一ヶ月過ぎてもいい子でいてくださいね」

そんな、マシュマロォぁあああぁ‼

マシュマロショックによりボーッとしているところに、ハウライト兄様が私を呼びに来た。

「エメラルド！　ガーネットが目を覚ましたよ！」

私とハウライト兄様は急いでガーネット兄様の部屋へ向かって走る。

バンッとドアを開くと、レピさんと医療術師の人達に囲まれベッドに身を起こすガーネット兄様がいた。

「ガーネ兄たま‼」

私はガーネット兄様のもとへ行く。彼は片方の目に包帯をしていた。

レピさんが私に説明をしてくれる。

「どうやら右側の目は見えないみたいなんです」

目が……見えないの？　どうしよう……笑顔でいようと思ったのに……泣きそうだよ。

俯《うつむ》いた私の頭をガーネット兄様が撫《な》でてくれた。

「ガーネット………」

そしてハウライト兄様を見て深い溜《た》め息《いき》をつき、目を合わせないようにして窓の外を見る。

「………辛気《しんき》臭い顔するな」

「だって、僕が――」

「……これは貴様のせいでもなんでもない」

しばらくして、医療術師達がまた明日来ると言って去っていった。

「ガーネットが起きたとは本当か⁉」

すれ違いにパパが走って部屋に入ってくる。パパはゆっくりとガーネット兄様のほうへ寄り、二人はお互い見つめ合う。

「………お前が……無事で良かった……」

「…………………」

「すまなかった……私があまりにも愚《おろ》かで……ガーネットだけではなくハウライト……お前にも辛《つら》い思いをさせてしまった」

パパがガーネット兄様、ハウライト兄様を一緒に抱きしめた。

「……私の……私とローズの大事な息子……」

そうパパが二人に伝えると、ガーネット兄様とハウライト兄様は涙目になりながらパパの腕の中にうずくまる。

「あーい！　エメも！　エメもまぢて！　一緒ギューしよ！」

私もいるよ！　一緒にギュッとしたいです‼

パパ達はクスッと笑う。パパはもう一度私を含めて優しい手で包み込んでくれた。

「あぁ……お前達は大事な子供だ……」

私達が初めてみんなでギュッと抱きしめ合った日だね！

「「………」」

「レピドライト………何故《なぜ》お前もどさくさに交ざって抱きしめてる」

「いや、私の存在をお忘れかと思いまして」

どさくさに紛れるレピさんに何だか笑っちゃった！

✿危険人物の名前

エメラルドがスヤスヤとガーネットのベッドで寝てしまった後、ピーター国王はガーネットとハウライトに頭を下げていた。

「…………お前達が本当の兄弟だときちんと伝えておけば、お互いに何も誤解などしなかったんだろうが……約束をしたんだ」

「……誰とですか？」

ピーター国王はスヤスヤと寝ているエメラルドを見つめてから、ガーネットとハウライトの顔を再度見る。

「お前達の母親——ローズとだ。もしハウライトが見つかっても自分が母だと信じていた人が誘拐犯だとわかればハウライトが傷つくかもしれないと……真実は時が経ち、子供達が大きくなったら伝えようと……約束をしてだな……」

申し訳なさそうに肩を落とすピーター国王の横にいるレピドライトが、腕を組みながら説明を引き継ぐ。

「私は何度も言ってたんですよ？　そんな阿呆《あほう》な約束、忘れなさいと！　その上、無口で無愛想なもんだから、変な噂《うわさ》が立つし、私からの説明は駄目だとか、訳わからないこと言うし、大体昔から貴方は決断が遅いのですよ！　頑固でもあって、昔学生の時もローズ王妃に好きと言えず、まー見ててじれったくてですね——」

急に国王の文句をズバズバ言うレピドライトに、ハウライトが苦笑した。ハウライトはピーター国王に告げる。

「……それでもきちんと伝えてもらいたいですね」

「………そうだな。変に考えすぎていた……すまない」

「あの……話は変わりますけど、この前の白い髪の少年は誰ですか？　あの子……僕やガーネット以上に強いと感じました」

続いての質問に、ピーター国王は難しい顔をした。

「リビアングラス、反逆者軍モルガの息子。神の子と崇《あが》められ、お前達以上に魔力を秘めている、今、最も危険な人物だ」

「……子供なのに危険人物呼ばわりされる彼は凄《すご》いですね」

少し驚くハウライトに対し、ガーネットはピクンと眉を動かしてギュッと拳《こぶし》を握りしめる。

「………モルガ………やはり黒幕は反逆者軍のモルガなのだな。………だが、息子は病《やまい》で亡くなったと聞いていたが……」

「とにかくまた話をしよう。今日はゆっくり休め……ハウライト、後でエメラルドを部屋へ運んでおくように」

「わかりました。父上」

ピーターとレピドライトが部屋から出て、ガーネットとハウライトの間に長い沈黙が続く。静かな部屋には、ただエメラルドのスヤスヤという寝息だけが聞こえる。

「………足……動きそうなの？」

「………たぶんな」

「もし……万が一治らなかったら、僕は君の目となり足となるよ」

「……そんな役に立たない目と足などいらん」

「あのさ、少しは落ち込んでると思ったのに、可愛くないよ」

はぁと溜《た》め息《いき》をつくハウライトから視線を逸《そ》らし、ガーネットは寝ているエメラルドの頭を撫《な》でた。

「……私がこのまま……やられっぱなしで黙っていると思うか？」

いつもの無表情で話すのを、ハウライトがクスッと笑う。

「……因《ちな》みに何倍返しにするつもりなの？」

「とりあえず五百倍だ」

「少ないよ。それ」

そう二人は話し合った。


――マシュマロ禁止から早一週間！　手が震え中の私‼

くっ、タバコやお酒をやめられない人はこんな感じだったのかな⁉　でもアンと約束したから！　我慢よ！

因《ちな》みにガーネット兄様はやはりチートなのか！　普通は一ヶ月はかかると言われていたのに、一週間で体力を元に戻したみたい！

後は頑張って、まずは足を動かせるように少しずつリハビリだね！　歩けるようになるのはまだちょっと先かな。

ハウライト兄様と一緒にガーネット兄様のお見舞いに行くと、随分《ずいぶん》顔色が良くなっている。良かった！

「ガーネ兄たま！」

「へへ、エメ、ガーネ兄たまにお花をつんでちましたよー！」

「エメラルドのお花は窓側に飾ろうか」

「あいっ！　えとねーエメ、ガーネ兄たまに絵本をよむね！」

私はハウライト兄様が選んでくれた絵本を開いた。

聖女様が国を救うお話……うんうん！　よくある話だね！

「……母上も……聖女だと言われてた」

そう教えてくれるガーネット兄様。

ハウライト兄様は驚きながらも妙に納得していた。

「うん、……聖女か。《あの人》自分も聖女候補とか色々言っていたよね」

ママは聖女と呼ばれてたなんて、凄《すご》いなあ。私なんてへっぽこだから、聖女とか無縁だ。

チラッとガーネット兄様とハウライト兄様を見て私は考える。

……あれ？　とりあえずガーネット兄様は悪役にならずに済んだ……のかな？

ヒロイン……どうなるんだろ？　かなり原作とは違う方向にいっている気がするし……大丈夫かな？　てか、ヒロインは、いつガーネット兄様と出会うの⁉

よくわからなくなってきた。

くっ……！　マシュマロ切れで頭が働かない‼

私は珍しく、うんうんと悩んだのだった。

――マシュマロ禁止が解けるまであと三週間‼

✽プリちゃんと花冠《はなかんむり》！

今日は天気が良くポカポカ日和《びより》。庭で遊んでいた私のところへ、突然の来訪者がやってきた。

「エーメー‼」

聞いたことのある声に振り向くと、そこには――

妖精のように可愛らしく、私と同じく魔力がへっぽこの隣国の小さな王子！

「プリちゃんだ!!」

「うっきゃあああ！　エメだあ！」

「うきゃー！　プリちゃんだあぁ！」

私達は久しぶりに会った喜びで抱き合う。

うーん、やっぱり可愛いなあ！　プリちゃんは！　何だか元気が出たよ！

「エメと遊びたくてちたよ！」

「ほんと!?　うあー何してあそぶ？　おにごっこ？　お絵かき？」

「あれ？　ブアットとチビレピは？」

「いまね、おうちにいてお外だめなんだって！」

二人共、まだ外出禁止中だからね。

前に会いに行った時は、なんかゲッソリしてたもん。大丈夫かな？

「あ！　そうだ！　ガーネ兄たまにあげゆお花さがそー！」

「ぼくもさがす！　ガーネにあげる！」

「エメとプリちゃんのお花ねー、つくるぞー！」

「「おー！」」

私達は花の冠《かんむり》を作って楽しむ。

ガーネット兄様には早く元気になってほしいからね‼

元々悪役だったガーネット兄様はもう悪役ではなくなったと思うし、色々誤解が解けて家族仲良し！　と、すぐに全てが上手《うま》くいくはずもなく、何故《なぜ》か三人共よそよそしいというか……用件がある時はペラペラ話すのに、ご飯を食べている時は世間話しかしないんだよねぇ。

パパは最近、頰《ほお》を赤らめて嬉しそうだけど、いざ家族全員集まると途端に無表情となる。

君達は初めてできた彼氏彼女かい‼　とツッコミたくなるよ。

ガーネット兄様の体力が戻り次第、またお茶会かピクニックをしようかな？　喜んでくれるかな？　沢山沢山《たくさんたくさん》話したいことあるしね！

プリちゃんは私の顔をジッと見つめてニコニコと笑い、小さな手で頭を撫《な》で撫《な》でしてくれた。

「プリちゃん？」

「エメ、げんちないね？　マシュマロたべてゆ？」

いや、マシュマロは禁止されております‼

プリちゃんの前で元気のない顔をしちゃったのかな……？　なんとなく察してくれた

んだよね。本当に優しくて鋭い子だね！

「へへ、プリちゃん、ありあとー！　……エメね、がんばって、つよくなる」

「うん、ぼくも！」

私は改めて強くなりたいと思った。

守られてばかりじゃなくね！　だから、お勉強も魔力特訓も頑張らないと！

「あ、エメ！　見てー！　おそらの雲、ふわふわー」

「うん、ふわふわ！　わたあめみたい！」

「たぶん、あれ、しゅごく甘いよ！」

え！　やはり異世界の雲は食べられるの⁉　そうなの？　なんかあれだわ、雲の上にお城とかあるんだろうなあなんて夢見てしまう。

「エメはマシュマロ味がいーなあ……」

ハッ！　だめだめだめ！　マシュマロは我慢よ！

「ぷぷ、エメ、くいしんぼーっぁん！」

プリちゃんは私の手を握り、空にある雲は食べられるのか真剣に語っている。

何だか笑えて元気出ちゃったな！

その後、花の冠《かんむり》を作り終えた私達は、パタパタと走ってガーネット兄様の部屋へ行く。

けれど、ガーネット兄様はお昼寝していた。

うーん、寝顔も綺麗ですな！　こりゃ将来、世の中の女性達を虜《とりこ》にすること間違いなしだわ！

プリちゃんは包帯を巻かれたガーネット兄様を初めて見て驚いていた。私の手をギュッと握って心配そうにガーネット兄様の顔を覗き込む。

「ガーネ……痛いの？」

「うん、だからね！　エメ達がもってちたお花かざろー！」

「うん！　ガーネにはシーッ！　だよ！」

私はコクンと頷《うなず》き、プリちゃんと一緒にガーネット兄様が起きないように

「「シーッ！」」と人差し指でお口を閉じる。そして、寝ているガーネット兄様の頭に花《はな》冠《かんむり》と、周りにはお花を置いた。

あ、寂《さび》しくならないようにマシュマロ二号も置こう!!

「ガーネ！　げんちなりますよーに！」

「なりますよーに！」

私とプリちゃんはその後、アンに呼ばれて一緒にマフィンを食べた。

久しぶりにプリちゃんに会えて良かったな！

そして、ガーネット兄様、お花の冠《かんむり》喜んでくれたかな⁉

明日は何のお花にしよう？

――そのしばらく後、レピドライトがガーネット王子の部屋へ向かった。

コンコン……

「ガーネット王子、容態はどうで――」

目の前には、可愛らしい花の冠《かんむり》を被《かぶ》り、周りを沢山《たくさん》の花に囲まれて、何故《なぜ》かマシュマロ二号を持っている不機嫌な顔をしたガーネットがいる。

「…………」

「……………よくお花の冠《かんむり》がお似合いですよ、まるで花の妖精……ぶは！」

レピドライトはたまらず噴き出したのだった。

✽芋虫《いもむし》さん特訓！

「ブバルディア国王、本当に何しに来たんですか？　この前の件があったばかりなのに、城を空けるという貴方の神経を疑いますね。一度、頭の中身を見てもらったらどうです？」

「レピちゃん、俺の頭の中は空っぽだ！」

「そんなの知ってます。用件はなんですか」

またもや城に突然やってきたブバルディアは、ピーター国王とレピドライトにとある書類を渡した。レピドライトがその書類を受け取り目を通す。

「また紙というのは、古典的な……なるほど。ピーター国王……同盟国の何ヶ国かがやられてますね」

ピーターがそこでブバルディアを見た。

「……何人かの王達が先日の会合に来なかったのはそのせいか」

ブバルディアはソファーで寛《くつろ》ぎながらワインを飲み、笑う。

「奴らは少しずつ力をつけてるみたいだな、どうする？ 黙って指を咥《くわ》えてるわけにもいかないぞ。モルガとその神の子と呼ばれる子は間違いなく俺らの命を狙ってくる。ピーター……真っ先にお前を狙うぞ。アイツすごーく根にもつタイプだしなー」

「……そこで何故《なぜ》私を見るのです」

「あはは！ それはレピちゃんも根にもつタイプだからさ！」

レピドライトとブバルディアが言い争っているのを、ピーター国王は溜《た》め息《いき》をついて見つめていたのだった。

「――プリちゃん、何ちてるの？」

「イモムスさんゴッコ！」

さて、本日の私は、プリちゃんと部屋で遊んでいた。

プリちゃんは毛布にくるまり、芋虫《いもむし》さんになっているとのことで、ニコニコしながらゴロゴロ回っております。本当に可愛らしいんですけど！

「イモムスさんなると、ゴロゴロちたら、つおくなれるよ！」

プリちゃん！　それはただの怠け者《なまもの》みたいな感じよ!?　ハッ！　これは……あれかな……忍耐力をつけようとしてるのかな？　流石《さすが》はプリちゃんね！　というか、前世の記憶はあれども、今の私はちびっ子だから子供心が疼《うず》くんだよねえ。

「あーい！　エメもやる！」

私とプリちゃんはゴロゴロと回りながら芋虫《いもむし》特訓を続ける。これ結構、体力使うんだね!!

「エメ、からだポカポカ～」

「ぼくも、ペケペケ〜」

「ぷぷ！　プリちゃん！　ペケペケってなに？」

「あはは！　ちらない！　……んー……おねむいねぇ……」

確かに体を動かしたから、ちょっぴり眠たくなってきちゃった。

「ふぁ………」

芋虫《いもむし》さん特訓お疲れ様……プリちゃん。


——一方、ブバルディア国王は息子プリムラを捜していた。おそらくエメラルドも一緒だろうと、ピーター国王とレピドライトがついてくる。

すると、何やらエメラルドの部屋でメイドと執事達が集まって頬《ほお》を赤らめ、キャッキャッと騒いでいた。三人は首を傾《かし》げながら、エメラルドの部屋を覗く。

ちょこんと、丸く毛布にくるまっているエメラルドとプリムラの二人がお昼寝をしていた。二人の姿があまりにも可愛らしいとメイド達がうっとりする。

ブバルディアはそんな微笑《ほほえ》ましい二人を見て、ピーター国王とレピドライトの肩を掴《つか》んで話しかけた。

「やっぱさ、姫さんを俺の息子プリムラの婚約者に——」

そう言いかけた時、城のメイドと執事達が一斉に「「「それはできませんね！」」」と言い放つ。

ピーター国王とレピドライトではなく、まさかのメイド達の言葉にビックリするブバルディアを小馬鹿にした態度で笑うレピドライトだった。

「ほら、そういうことです。早く、貴方だけでもちゃっちゃっと帰ってください」

彼はブバルディア国王に手をシッシッと振る。ピーター国王は明らかに不機嫌な顔になった。

城のメイド達とピーター達の様子を見てブバルディアは笑う。

「なんか、平和だわー」

ケラケラ笑いながら、寝ているプリムラを抱いて帰っていった。

――今日は何だか、プリちゃんのおかげでレベルアップした気分になったかも！

✿久しぶりの家族ランチしました

「パパ！　ガーネ兄たまが元気なったから、久しぶりにお外行こー!!」

ガーネット兄様がかなり早い段階で体力をとり戻したことだし、近場でみんなと少しお外ランチをしようと提案したところ、パパとハウライト兄様は承諾してくれた。

ガーネット兄様の片目は見えなくなったらしく、薬のせいで眼球が濁っている。それを隠すために黒い眼帯をつけて、まだ歩くこともできず車椅子生活となっていた。

「ガーネ兄たま！　おからだ、へーき？」

車椅子に乗っているガーネット兄様は、特に文句も言わずただ黙ってコクンと頷《うなず》く。

顔色も良いし、本当に良かった！　さあ、みんなでワイワイ語り合いながらランチだね‼

「「「…………………」」」

なのに、シーンとしていますね。なんで？　あれ？　みんなハグし合った仲なのに、話さないとはどういうことかな？

私はパパのほうを見て目で合図を送る。

息子との会話を楽しもう！　業務連絡ではなく！　親子としての会話よ！

「……何だ……苺《いちご》が食べたいのか」

すると、パパが苺《いちご》をとってくれた。

違うよ！　パパ！　私ではなく！　息子よ！　苺《いちご》は食べるけども！　ほら、ハウライト兄様も可愛らしい笑顔で、いつものキラキラを出しちゃおうよ！

って、なんか全員、まだ一歩引いてるというか、距離を置いている気がするのよね。

この前パパは私達のことを大好きだと言ってくれて、兄様達も泣いて喜んでいたのに……わからない‼

パパはチラッとガーネット兄様を見た。

「……その……最近はどうだ」

「この姿を見ればわかるでしょう。片目が見えない、足も動きませんが」

「「…………」」

お互い無表情の会話………。ハラハラしちゃうよ！

みんなギュッとして、愛を確かめ合ったはずではないか⁉　ハウライト兄様は二人の顔を窺《うかが》いながら黙々とケーキ食べてるし……。

「へへ、パパとガーネ兄たま、ハウアイト兄たま、エメと、ギュッとしたもんねー？」

「「「…………」」」

何故《なぜ》固まるの。誰か教えて‼

「み、みんな、ギュー！　エメうれちかったよー！」

パパは私の頭を撫《な》で、ハウライト兄様は静かに笑ってくれた。

ガーネット兄様が何だか少し具合が悪そうだったので、今日は早く終わりにした家族ランチ。

ガーネット兄様が車椅子で自分の部屋へ戻る姿を見送り、私はハウライト兄様の手をギュッと握る。

「ん？　どうしたの？　エメラルド」

「ハウアイト兄たま……パパやガーネ兄たま嫌い？」

ハウライト兄様は少し困った顔をしながら私の頭を撫《な》でた。

「……嫌いじゃないよ……ただ……気持ちの整理ができなくて」

「エメはね、みんなと仲良しなってたい」

「うん……そうだね」

やっぱり、すぐには、手を取り合って笑顔は難しいのかなあ。

大人の勝手な理由で色々と誤解し、すれ違い、混乱してわからなくなっているんだろうな……私もちゃんと説明されていないし、怒って当然だよね。

パパはパパでコミュニケーション下手すぎだから、もう少し積極的にならないと！

本日の久しぶりの家族ランチは、みんなよそよそしかったけれど、以前よりかは大丈夫だよね！

そう前向きに考えよう！

そこで、私はそばにいたアンをチラッと見た。

「アンー！　エメね、えとね、そろそろマシュマロ……」

「姫様、あと一週間、頑張りましょうね！」

「………あいっ………」

アン様……くっ……この私の右手の震えを見てくださいな!!　禁断症状出てますよー！


――翌日。ピーター国王は溜《た》め息《いき》をつきながら窓の外を眺めて考えていた。

「ローズが生きていたら、また違ったのだろうか」

「ピーター国王、思春期あるあるですよ。あ！」

何やらガサゴソ探し始めたレピドライトにピーターは首を傾《かし》げ、不安そうな顔でそちらを見る。

「………レピドライト……何をしている。その金髪のカツラは何だ」

「そこまで言うのならば、母親役が必要だと思いまして」

「………冗談はよせ」

「本気ですが」

「…………いいからそのカツラ捨てろ」

ピーター国王の溜《た》め息《いき》は、更に深くなるのだった。

✿マシュマロ再び！

遂《つい》に！　遂《つい》にこの日がやってきました‼

マシュマロ解☆禁‼　マシュマロが美味《おい》しい！　マシュマロ幸せ‼

「姫様！」

「よ！　エメ！」

「ユー君！　ブアット‼」

マシュマロを食べる許可が下りたその日、私がはしゃいでいると、ユー君とブラッドがやってきた。

久しぶりに会った二人は心なしかゲッソリしている。

私もマシュマロを一ヶ月食べられず、色々やばかったけどね！

「今日ね、ガーネ兄たまの歩くリハビリよ！」

「なら僕達も応援しなきゃなりませんね」

「あいっ！」

ハウライト兄様とも一緒になり、ガーネット兄様が歩く練習をする初日を応援しに行く。

ガーネット兄様は両手を使い、平行棒を使用していた。このリハビリ道具は魔力も込められているものらしい。

「くっ……」

プルプルしながら、頑張って歩こうとするガーネット兄様の周りには、医療術師の人達がいた。

ブラッドがガーネット兄様の様子を見て、「……しんどそうだな……」と心配そうに呟《つぶや》く。

ハウライト兄様は一瞬、ガーネット兄様の手をとろうとして、躊躇《ちゅうちょ》した。

よし！　ここは応援だよ！

「ガーネ兄たま！　フレーフレー!!　がんばえー！」

ガーネット兄様は汗だくになりながら、私の顔を見てはニコッと笑ってくれる。そこでユー君が眼鏡をくいっとしながら、前に出た。

「よし！　ここは僕の出番ですね！」

ブラッドが冷めた目でユー君を止める。

「おい、また余計なことをしないほうが……」

ガーネット兄様は明らかに不機嫌な顔になった。

何故《なぜ》ならユー君が持っているのが――

「ガーネット王子！　ほーら！　ちっちっちー！　猫じゃらしですよー！　さあ！　これに向かって頑張って一歩ずつ進むのです！」

「…………貴様、馬鹿にしているのか」

「え！　昔、貴方は猫じゃらしが好きで、猫になりたいとか言ってたでしょう！　さあ！　これなら歩けるはず！」

え、それ初耳だよ⁉　猫さんになりたいとか可愛いじゃないか！　てか、ユー君、結構ガーネット兄様の昔のこと知ってるのね！

ブラッドはお腹《なか》を押さえて笑いを堪《こら》え、後ろにいる医療術師さん達はガーネット兄様を微笑《ほほえ》ましく見つめちゃっている。ハウライト兄様は固まってた。

「さあ！　猫じゃら――」

ドン!!

ガーネット兄様が壁に向かって魔力をぶっ放つ。

壁……穴開いちゃったね。

「……ちっ……調子が悪いから手元がくるった……」

いや、ワザとだよね？　ブラッドと医療術師の人達がプルプル震えている。ユー君は何故《なぜ》か勝ち誇った顔で喜んでいた！

「ふっ……やはり猫じゃらし効果はばっちりでしたね」

「ぷっ……あはははは！　駄目、僕、笑っちゃうよ！」

今まで黙っていたハウライト兄様が急に笑い出す。みんなビックリした。

「……貴様も何故《なぜ》笑う」

「あはは！　だってさ、二歩くらい歩いたんだもの。猫じゃらし効果かわからないけど、きちんと進んでいるから笑っちゃった」

「……………」

確かに、最初より二歩ほど進んでるよ！　猫じゃらし効果か！　それでも嬉しいよ！

私の横にいたブラッドが小声でポソリと呟《つぶや》く。

「猫じゃらし効果じゃなく、ユーディアライトにムカついて歩けたのに一票だわ」

「ガーネ兄たま！　よかったねー！　あるけた！」

ガーネット兄様は少しだけ頬《ほお》を赤らめてコクンと頷《うなず》いた。けれどもう一度、歩こうとした時、ガクンと倒れかかる。

危ない!!

そう思った瞬間、パパがガーネット兄様を支えていた。

「パパ！」

ガーネット兄様はパパに支えてもらって、何故《なぜ》か固まる。パパはガーネット兄様を褒《ほ》め、少し気まずそうにしながらもギュッと抱っこした。

「……見ていた。よく頑張ったな……。今日はもう休め」

そしてガーネット兄様を抱っこしたまま部屋から出る。私とハウライト兄様もパパについていき、ガーネット兄様を見送った。

「……父上、下ろしてください」

「………父親らしいことをさせてくれ……」

「………」

抱っこされているガーネット兄様は俯《うつむ》いたままだけど……少しだけ照れくさそうにしているのを感じる。

私とハウライト兄様は顔を合わせて少し笑い合った。そんな私達の姿を見るブラッドが「はは、仲が良いんだか、悪いんだか……まったく」と笑いながらこぼす。

「まったくですね！　手のかかる方達ですよ」

そして、やれやれと言うユー君。

「僕の猫じゃらし作戦が上手《うま》くいったようですね」

パパと一緒にその場に来ていたレピさんが、次はもっと違う玩具《おもちゃ》にしなさいとユー君に提案した。

「………猫じゃらしはレピドライトさんだったのかよ」

この国の宰相とその息子が一番手のかかる、面倒な奴らじゃないのかと、ブラッドはそう思ったそうだ。

――ガーネット兄様の足が治るのも早いかもね！　私も今度マシュマロじゃらしを作ろうっと！

✽そんな形の親子

三月に入り、冬がそろそろ終わりに近づいてきた。

三月といえば友達であるブラッドの誕生日とのことだ。私とハウライト兄様はユー君と一緒に誕生日祝いのため、ブラッドの住む屋敷へやってきました!!

ブラッドの義理の親となった騎士団長シャトルさんの屋敷はなんというか、ファンシーだね!

「ブアットおたんじょーび、おめれとー!!」

「エメ! ……っと、エメラルド姫様ありがとうございます。ハウライト王子も私ごときのために来ていただかなくてもよろしかったのに」

ブラッドはいつもの紳士モードでハウライト兄様に挨拶《あいさつ》をした。ハウライト兄様もそれに笑顔で応える。

「可愛い妹エメラルドの『友人』の誕生日だもの。いつもお世話になってるしね。もしかして僕、邪魔だったかな?」

「はは、邪魔だなんて。たとえ、そうだとしても口には出せませんよ」

「それってもう邪魔だとしか聞こえないんだけど」

「まさか」

「あはははは」

二人はニッコリ笑い合っていた。そんな二人に、ユー君はまたやっていると少し呆《あき》れている。

それにしても屋敷は広いのに、基本ブラッドとシャトルさんとの二人暮らしみたい！

自炊だし、掃除洗濯も二人で当番制にしているとか。

何だかんだ、二人は仲良くしてるんだなぁ。

ピンク色のふりふりエプロンに筋肉ムキムキの二の腕を出して私達を歓迎してくれるシャトルさん。

「あっらー！　今日はありがとん！　姫様だけでなく、王子様にも来ていただけるなんて、ウチのブラッドは信頼されてるのねー！　さあさあ！　今日は沢山《たくさん》ご馳走《ちそう》を並べたわ！」

ユー君がブラッドにコソッと耳打ちをした。

「…………ブラッド君。あのピンクのふりふりエプロン……」

「ツッコむな。反応するな。奴が喜ぶだけだ」

ブラッドは遠い目をする。

私達は案内された場所に入った。ぬいぐるみやらお花やら可愛い部屋だ。

うん、乙女な部屋だね！　壁ピンク色だもん‼　そこには大きなお肉や可愛いマカロンなどのお菓子もある。なんと！　マシュマロが挟んである！　シャトルさんナイスだよ！　ケーキもシャトルさんの手づくりみたいでフルーツがお花の形にカットされていてとても可愛らしい。

「シャトルしゃん！　すごい！　かあいーね！　おいしそーね！」

「うふ♥　ありがとん。みんな沢山《たくさん》食べてね。さあ！　改めて私の可愛い可愛いブラッドの誕生日会よ！　九歳の誕生日おめでとーん！」

シャトルさんが指をパチンと鳴らした瞬間、クラッカーが鳴り、花の形をしたシャボン玉と花がふわふわと出てきた。

みんなでワイワイとお話しながらご馳走《ちそう》を食べ、プレゼントを渡して楽しむ。

そんな私達を微笑《ほほえ》ましく見守っているシャトルさんのもとに突然、一通の手紙を口に咥《くわ》えた鳥がやってきた。

シャトルさんは首を傾《かし》げながら手紙を開けて読む。

「あら？　どうしたのかしらん？　私に何か用事………あらまあ……」

「あ！　シャトルしゃん！　エメ達たくさんたくさん食べたからブアット達とおあそびするね!!」

私達は運動がてら庭で遊ぼうと外に出ようとする。その前に、シャトルさんがブラッドに手紙を渡した。

「あら、その前にブラッド。これ読みなさいん」

「……？」

ブラッドは手紙を読み始め、何故《なぜ》か固まる。

「ブアット??」

ユー君と私は首を傾《かし》げながら、固まっているブラッドを見つめた。

「え、あー……」

ブラッドが戸惑《とまど》っているので、代わりにシャトルさんが私達に説明してくれる。

「突然だけど、ブラッドの本当の母親が現れたの。どうも会いたいらしいのよん」

え⁉　ブラッドの母親⁉

ブラッドは元々孤児院で育てられていて、そこから没落したモリオン家に引き取られたという流れだったけど……

チラッとブラッドの様子を見てみると動揺していた。そんなブラッドにハウライト兄様が声をかける。

「せっかくなんだし、会ってみたら？」

「……生まれて一度も会ったことないですし……今更感というべきなんですけどね」

「うん、でも母親が生きているうちに、一度は会ってみるべきだと、僕はそう思うよ」

ブラッドは何故《なぜ》かチラッとシャトルさんの顔色を窺《うかが》う。そんなブラッドの気持ちを察したのか、シャトルさんがニッコリ笑った。

「あらーん！　いいじゃない！　会わないと後悔するわよん？」

「……なら……会ってみるか……」

そう言うブラッドの頭を撫《な》でて、パン！　と手を叩《たた》く。

「あら！　なら善は急げね！　本当の親に会えるなんて嬉しいことじゃない！　私連絡してみるわ♥」

なんとなく……シャトルさんは嬉しそうだ。でもどこか寂《さび》しそうな目で、ブラッドの母親をこの屋敷に呼ぼうとはりきる。

「実の母親に会うのであればオシャレしなければなりませんね！」

「ブアット！　おしゃんてぃー！」

ユー君もはりきって、何故《なぜ》か可愛らしいリボンをブラッドの頭につけた。

「…………おい！　こんな大きいリボンつけられるか！　ユーディアライト！　あんたいつも人をからかって！」

「ブラッド君！　可愛らしさアピールですよ！」

「意味わからん！」

「んーでも母親が君に会いたいということは、ブラッド君と一緒に住みたいとか言うんじゃないんですか？」

ユー君よ！　今サラッと言ったけど、そうなのかな⁉

私はブラッドの袖を掴《つか》み聞いてみた。

「え！　ブアットどこか行っちゃうの⁇」

「いや、そんなのわからな…………ハウライト王子、なんで笑顔で手を振るんですか」

ブラッド……いつも通りにしているけど、やっぱり本当の母親に会うのは緊張しちゃうもんね。

数時間後。夕方になり、一人の若い女性が屋敷にやってきた。

いや、かなり若い……何歳だろー⁉　髪の毛は黒色のストレート、うん、美人さんだ。

ブラッドによく似ている。

「サ、サラです……」

ペコと頭を下げる黒髪美人さんに、ブラッドも頭を下げた。

「私はお邪魔だと思うからん、あとはゆっくりお話ししてねん」

シャトルさんがそう言って部屋を出る。

私達は……いて……いいのかな⁉

ブラッドが平然とした顔でソファーに座っているので、なんとなく私も隣にちょこんと座った。ユー君もハウライト兄様も一緒に座って女性を見つめる。

すると、突然わっと女性は泣き出した。

「……ご、ごめんなさいっ！　本当にごめんなさいっ」

ブラッドの母親は何度も謝る。ブラッドは戸惑《とまど》いつつも、ハンカチを彼女に渡した。

そんなブラッドにまた彼女は泣き出す。

「わ、私……ずっと……貴方が……ブラッドがどうしているか気になって……ヒック……すごして……」

ブラッドはただ黙って聞いている。ハウライト兄様は顔は笑っているようでも、目が笑っていなかった。彼女に軽蔑《けいべつ》の眼差《まなざ》しを向け、淡々と話し始める。

「泣いてる割には、九年間何をしていたのですか？　普通、親なら、もっと早く動くべきですよね。それと…………女性に年齢を聞くのは失礼かと思いますが……何歳でブラッドを」

ブラッドの母親は涙目になりながら答えた。

「あ……わ、私……ブラッドを産んだのは……十六歳で……」

なんと‼　十六歳⁉　若いはずだよ！　今二十五歳くらいかな？

どうやら彼女はこの都から離れた村に住んでいて、当時旅芸人の男性と出会い恋に落ち、そのまま駆け落ちしようとしたらしい。ところが、男性は彼女を迎えに行く途中、野盗に襲われて亡くなったという。

親の反対を押し切りブラッドを産んだものの、まだ若いが故《ゆえ》にどうすることもできず、裕福でもないので育てられないと判断し施設に置いていったそうだ。

それでも私的には見捨てないでほしかったな。それってやっぱり大人の都合だよう……

「…………瞳の色は……貴方の父親に……似てるわ……」

「……そうですか」

「わ、私ね、結婚して……一歳になる息子一人と旦那がいるの……旦那に貴方のことを話したら一緒に住もうと……賛成してくれたの」

わお！　ユー君よ！　ビンゴだよ！　本当に一緒に住もうと言ってきたあああ!!

ユー君、今凄《すご》いドヤ顔だね！

「だからね……遅いかもしれないけれど……私と一緒にー」

「はは、やっぱり親、と言われても私にはピンときませんね。どちらかというと、貴女《あなた》はお姉さんって感じですし」

ブラッドは紳士モードで笑う。スムーズに話しているけれど、手に汗をかいてる気がした。

ブラッドは照れながら話し続ける。

「サラさん、私は今とても幸せなんです」

そう言うとサラさんは、少し俯《うつむ》いた後、再度ブラッドの顔を見た。

「……そう……なのね。ごめんなさい……急に……会いたいなんて……」

「サラさんはサラさんで家庭を大事にしてください」

「……迷惑かも……しれないけれど……今日誕生日だから……受け取ってもらえる？　あと……手紙を書いていいかしら……」

「……………はいっ」

「……一度……抱きしめてもいい？」

「…………はい」

サラさんは愛しそうにブラッドをギュッと抱きしめた。あとは特に何も言わずに帰っていく。ブラッドはサラさんが乗ってきた馬車をずっと見つめていた。

そばにいたシャトルさんがチラッとブラッドを見る。

「ブラッド、良かったのん？　本当の母親と一緒にいたほうが幸せなのよん……？」

「だってアンタが俺の『親』なんだろ？　二人も三人もいらないだろ」

そう言ってブラッドは顔を真っ赤にしながら、足早に屋敷へ戻っていった。シャトルさんはキョトンとした顔をした後、凄《すご》く嬉しそうにブラッドの後を追う。

そんな二人をハウライト兄様とユー君はクスクス笑いながら一緒に屋敷へ戻った。

血は繋がってなくても、やっぱりシャトルさんとブラッドは親子だなあと改めて思っちゃった!!　私もパパと兄様達ともっと仲良くなりたいなあ！

——さて、その後。ブラッドはみんなからの誕生日プレゼントを開けてみた。

「…………ユーディアライト…………何だよ。これ」

「君とシャトルさんお揃《そろ》いのパジャマだ！」

「ただの嫌がらせだろ！」

「あら、いいじゃないん！　私とお揃《そろ》い♥」

因《ちな》みに私からのはチビマシュマロのお守りだよ!!　ブラッドがシャトルさんみたく立派な騎士になれますように！

ファイト！


✽みんなで花見だよ！


「――モルガ様、いつになったらスターダイオプサイト国を潰しに行くのです？」

「……ルビーか」

「みんなあの国が一番厄介《やっかい》だと知ってますもの、魔力の最も強い王がいるから……」

「ふっ、自分の生まれた国をそんなふうに言っていいものなのか」

「あら、私の美しさを理解できない馬鹿達ばかりの国なんて滅びればいいわ！　それよりもいつになったら――」

「……もう《種》は蒔《ま》いている。我々が動かずとも、あそこは自滅する国だ」

「あら、何それ！　楽しみは最後にとっておくものなのね。なら、私もハウライトにお仕置きするのは最後にしておくわ！」

そんなことを話す二人の姿をソッと静かに聞いていたリビアングラスは、暗い表情でその場から離れた。

——ズキン。

「……うっ……」

同時刻、ガーネットは右目を押さえた。メイドの一人が首を傾《かし》げて彼に声をかける。

「どうしましたか？　痛みますか？」

「……いや……別に」

そう答えて、ガーネットはメイドに車椅子を押してもらい部屋を出た。

「——パパー！　みんなとお花見ちよー！」

「……花見……？」

この国に桜はないけれど、桜に似たピンクのお花が城の近くに咲いている。だから、私は家族や友達とお花見しようと思い、ガーネット兄様、ハウライト兄様、ユー君、ブラッドも誘った。

春になったらやっぱり花見だもんね！　みんなで仲良く花を見ながら春を楽しむ！

それにガーネット兄様も最近リハビリばかりで、気晴らしになるだろうしね！

私達は集まり、お花見をした。

沢山《たくさん》美味《おい》しそうなお弁当にお菓子が並べられる。ユー君はテーブルや椅子がないなどと文句を言っていたのに、シートに座りながら苺《いちご》サンドイッチを食べているうちに気に入ったのか、上機嫌になった。

ハムスターみたく頰《ほお》張るユー君が可愛らしいね！

ブラッドは乙女ちっくなクッキーを持ってきてくれた。どうやらシャトルさんのお手製というのが恥ずかしそうだったけれど、ささっと私に渡してくれる。

「見た目はアレだけど、味は凄《すご》く美味《おい》しいからっ」

うん！　確かに美味《おい》しい！　ほんのりキャラメル味がまた良い！

「エメラルドが好きなマシュマロの色々な味を持ってきたよ」

「わあ！　マシュマロ！　たくさんだねー！　ハウアイト兄様ありあとー！」

マシュマロの形がハートやら星型などになっていて、チョコ味、苺《いちご》味、ミント味など沢山《たくさん》あった。

流石《さすが》ハウライト兄様ね！

マシュマロをみんなに配ろうとした時、ちょうどガーネット兄様も車椅子で来てくれる。

「ガーネッ兄たま！」

「…………ずいぶん人が多いな……」

「エメね、みんなとなかよくお花見したかったの！　ガーネ兄たまはマシュマロはどれがいいでしかー？　ちょこ？」

コクンと頷《うなず》くガーネット様は激甘なチョコマシュマロを食べてむせる。

あ、やっぱり甘すぎたかな？　甘いの苦手だもんね！

パパはというと……既《すで》にほろ酔いレピさんに絡まれていた、というかお説教されていた。

因《ちな》みにプリちゃんを誘おうとしたら、レピさんに止められた。

「奴も来るから駄目ですね！　今回は我々だけで」

とか言ってたから残念。

奴って、プリちゃんのパパみたい。

とりあえず、ワインを飲んでいる大人二人は仲良しと思うことにしよう。私もいつか大人になったらパパと兄様達と一緒に飲みたいなあ。

私はワイワイと楽しむみんなを見つめる。

「おや、ガーネット王子！　そんなに甘いマシュマロが駄目なら、この苺《いちご》ホイップクリームたっぷりのサンドイッチいります？」

「……………ユーディアライト……更に甘い物をこちらに寄越すな」

「ブラッド君は可愛らしいクッキーを持ってきたみたいだけど、エメラルドはマシュマロが一番喜ぶんだよ」

「はは、ハウライト王子。私は誰かさんと違ってマシュマロで釣ろうとしていませんから」

ユー君やブラッド、ガーネット兄様、ハウライト兄様も楽しんでお話できているようで良かった！

ゴーン…………

「あ、かねの音だぁ……」

ふいに、あの教会の鐘の音が聞こえた。

リビアは今、どうしているかな？　パパとママと仲良くできているかな？　いつか……また会えるといいな。

私はリビアのことを思い出す。

チラッとパパ、ガーネット兄様、ハウライト兄様の三人を見つめた。

「……へへっ」

私のパパはこの国の王様で一番強い人。

そして、小説ではガーネット兄様は悪役の立場で、ハウライト兄様は本来ヒーロー。

だけど、三人共、私の大好きな家族なんだよね！

まだヒロインも現れていないし、どうやら私の死亡フラグはまだまだ先。でも、私はずっと家族仲良しになって笑顔で過ごしていきたいなあ。

私はパパに駆け寄り抱きしめてから、振り返ってみんなに笑顔を向ける。

「へへ、エメね、みんなね、だいすちよ！」

そう言うと兄様達や周りにいたメイド、執事達も笑顔になった。

――さあ私はマシュマロを食べて、明日もこれからもずっと、家族が笑顔でいられるように頑張ろう！

書き下ろし番外編

性格激変⁉　になっちゃった！

「あい！　ぜぇえいん！　しゅーごぉー！　エメとあそぶしと、このゆびとーまーれぇ！」

今日もガーネット兄様とハウライト兄様、ユー君にブラッドとお馴染《なじ》みメンバーで庭園へやってきた。これはガーネット兄様とハウライト兄様の仲良しこよし作戦なのよね！

最近、二人共あまり顔を合わせないようにしているみたい。すこーし前に私とブラッドが誘拐された時、二人が協力して助けに来てくれたのは凄《すご》くすごーくかっこよくて嬉しかったなあ。

だからユー君とブラッドに相談して、庭園で遊ぼうということで集まったのは良かったんだけれど……何故《なぜ》か険悪モードな兄様達。何故《なぜ》⁉

そしたらユー君がコッソリと私に教えてくれた。

　どうやらガーネット兄様の、臣下に対する態度が良くないとハウライト兄様が注意したところからガーネット兄様が不機嫌になり、ハウライト兄様も困ってしまったというか少し呆《あき》れている感じだそうだ!

「えーと、うーんと、エメね、二人仲良しこよししてほしいの。だから、そう! ママごとよ! 仲良しするにはママごとがいちばんだよ!」

　そう二人に話したけどやはり仲良く、にはまだまだ道のりが遠いなあと感じた時、ユー君が眼鏡をクイッとしながら何やらイタズラな顔をした。

「ふっふっふっ!」

「ユー君、わるいこ顔なってうよ……」

「ユーディアライト、お前何考えてる?」

　ユー君はポケットから小さな小瓶《こびん》を出すと、私とブラッドに小さな声で説明する。

「父上の書斎で面白そうなものを見つけたんです! 見てください! この綺麗な色の小瓶《こびん》! 説明書には『魔法の小瓶《こびん》』としか書いてませんが……なんか面白いことが起きそうですよね?」

　私とブラッドが「いや、怪しいよ? かなり怪しいよ!?」とつっこむ前に、ユー君は言い争っている兄様二人のティーカップに、小瓶《こびん》の液体を入れてしまった。

「バッ！　ユーディアライト！　……それ、毒とかだったら！」

「あははは！　まさかー！」

そう言ってる間に、言い争っていたガーネット兄様とハウライト兄様は喉《のど》が渇いたのか紅茶を飲んでしまった！

「「……うっ」」

飲んだ後、ふらつき倒れた兄様達に私は慌てて駆け寄る。

「ガーネ兄たま！　ハウアイト兄たま！」

ユー君は慌て、ブラッドは青ざめる。

「ユーディアライト！　こんな悪ふざけなんてしたら謝っても許されねえぞ⁉　ガーネット王子に半殺しにされる！」

「……ブラッド君。ここは逃げましょう。ハウライトは笑って許してくれ……あ、二人共起きました。大丈夫みたいですね」

あの液体は、あまりにも不味かったのかな⁇　私はガーネット兄様とハウライト兄様を交互に見つめる。

「……大丈夫だよ。エメラルド」

「え、うん、良かった！　ガーネ兄……たま？」

何故《なぜ》爽《さわ》やか笑顔なんですかい⁉　ガーネット兄様よ⁉　ハウライト兄様はというと、ユー君とブラッドをボコボコにしていた。ブラッド……ただの巻き込まれ損だね。

「おい、俺様に何飲ませてんだよ。愚図が。なんでもかんでも許してもらえるからっていい気になるな」

「……え……えぇ……ハウアイト兄……たま……」

「ん？　何だ？　エメラルド、俺は大丈夫だ」

返り血ぃ……‼　返り血を浴びながら笑ってるぅ‼　ヒーローなのに‼　君は主人公だぞい！

「ガーネ兄たま？」

「ん？　何だい」

「ハウアイト兄たま……？」

「おう、何だ」

二人のせ、性格が……なんか真逆になってるぅぅあああ‼

「いててて……マジかよ！　ユーディアライト！　お前のせいじゃねえかよ」

「あはは！　なんか面白いことになりましたね！」

いや、眼鏡ズレてるぞ、ユー君よ……

私達がワタワタと困っている間に（ユー君だけ面白がっていた）ガーネット兄様とハウライト兄様が……

「はう⁉　いない！　どこいったのー⁉」

私とユー君、ブラッドの三人で二人を捜しまわっていると、ガーネット兄様が貴族の令嬢達に話しかけているのを発見した。

「おい！　エメ！　いたぞ！　ガーネット王子！」

ガーネット兄様は優しい眼差《まなざ》しと仕草で令嬢達を口説《くど》いていた。

「こんなに美しい方にぶつかってしまい、申し訳ない。今度お詫びにお茶でも」

「ま、まあ、何のご冗談かしら……」

令嬢は最初は怖がりつつも頬《ほお》を赤くしている。

色気が……半端ないよ⁉

「こ、こあー‼　ガーネ兄たま！　めっ！　ナンパは、めっ！」

私はガーネット兄様の腕を引っ張りその場から去る。次はハウライト兄様よ！

「姫様！　いましたよ！　ハウライト！」

「ほっ、よかったーー」

いや……なんで貴族の子達をボコボコにしてるの⁉　こっちのほうが駄目だ！

「ハウアイト兄たま‼　ぼーりょく、めっ！　なかなおりだいじよ！」

「ん？　あぁ、エメラルドか。コイツらには躾《しつけ》が必要だったからだ。ちっ……ほら、正座」

「ヒック……す、すいまへんでしたぁ……。もうガーネット王子の悪口なんて……言いません？」

貴族の子達はハウライト兄様にそう言った後、そそくさと逃げていった。

ガーネット兄様とハウライト兄様は元に戻らないのかな⁉　と心配していると、私の頭を撫《な》でながらユー君が説明してくれた。

「姫様、大丈夫ですよ。そろそろもう時間切れですね」

「へ？」

兄様達の様子を見ると二人はうなだれていた。どうやら、意識が？　治ったのかな？

あ、うん、いつもの二人だ！　良かったあ！

「「……ユーディアライト」」

とてつもなく怒りが頂点に達しているガーネット兄様と、顔はニコニコと笑ってはいるが目はまったく笑っていないハウライト兄様に、ユー君とブラッドはお仕置きをされた。

「俺、一番の被害者じゃねえか！」

そう叫ぶブラッドだった。

新＊感＊覚 ファンタジー！

レジーナブックス Regina

レジーナブックス Regina

令嬢、
剣の腕で独立!

家族にサヨナラ。皆様ゴキゲンヨウ。

くま
イラスト：天領寺セナ
定価：1320円（10%税込）

ある日、高熱を出し、周囲に愛され幸せだった前世を思い出したソフィア。お陰で、現在の自分が家族全員に虐げられていることに気がつく。現に婚約者が突然、姉に心変わりをしても家族は誰も彼を責めず、姉との仲を祝福！　こんな家族のために生きるのはもうやめようと、ソフィアは今まで隠していた剣術の才能を使っての独立を決意して⁉

詳しくは公式サイトにてご確認ください
https://regina.alphapolis.co.jp/

新＊感＊覚　ファンタジー！

レジーナブックス
Regina

レジーナブックス
Regina

うちの執事は世界一可愛い

太っちょ悪役令嬢に
転生しちゃったけど
今日も推しを見守っています！

くま
イラスト：はみ
定価：1320円（10％税込）

前世の記憶が蘇ったダイアナは自分が乙女ゲームの太っちょ悪役令嬢であることを知る。このままゲームどおりに進めばヒロインをいじめた罪で断罪されてしまうし、そもそも太っちょなんて嫌！　そう思った彼女はダイエットをしつつ、ゲームの攻略対象者達を避けようとするけれど、お気に入りだったクラウドだけはそばで見守りたくて⁉

詳しくは公式サイトにてご確認ください
https://regina.alphapolis.co.jp/

新感覚ファンタジー
RB レジーナ文庫

突きつけられた“白い結婚”

王太子妃は離婚したい

凛江　イラスト：月戸

定価：792円（10%税込）

アルゴン国の王女・フレイアは、婚約者で、幼い頃より想いを寄せていた隣国テルルの王太子・セレンに輿入れする。しかし突きつけられたのは『白い結婚』。存在を無視され、冷遇に傷つき、憤りながらも、セレンとの約定である三年後の離婚を心の支えに王太子妃としての義務を果たしていく……

詳しくは公式サイトにてご確認ください
https://regina.alphapolis.co.jp/